L'AFFAIRE ALFRED LANGEVIN

DU MÊME AUTEUR

Les légendes du Masque de Fer, La Librairie Vuibert, 2014.

L'avenir est pavé de bonnes intentions, La Librairie Vuibert, 2015.

La vraie vie des héros, La Librairie Vuibert, 2017.

Et vous, vous les rangez comment, vos livres ?, La Librairie Vuibert, 2020.

Un homme sans histoires, JC Lattès, 2022 ; Le Livre de Poche, 2023.

www.editions-jclattes.fr

Nicolas Carreau

L'AFFAIRE ALFRED LANGEVIN

Roman

JC Lattès

Illustration de bande : Camille Carreau
Maquette de couverture : Le Petit Atelier

ISBN : 978-2-7096-7509-3

Première édition : mars 2025.

« On dit tout. Tout ce qu'on peut.
Et pas un mot de vrai nulle part. »

Samuel Beckett, *Oh les beaux jours*

1er septembre 1995

L'art du jardinage requiert une somme considérable de talents divers. Entre autres aptitudes, le travailleur de la terre doit maîtriser la biologie, la météorologie, la botanique et être doté d'un sens esthétique acceptable – quelques notions de chimie élémentaire ne sont pas de trop non plus, pour préparer certaines mixtures, mêmes naturelles, afin de favoriser la pousse des végétaux. On fera aussi bon usage du courage, de la persévérance et de la patience, qualité reine de cette discipline. On sous-estime pourtant souvent les prédispositions physiques nécessaires à l'exercice. Ainsi, Geneviève Boussac avait-elle une poigne solide à force de manier le sécateur pour tailler ses rosiers, et elle s'enorgueillissait d'une certaine souplesse dorsale. Cette faculté lui permettait de se pencher suffisamment bas pour planter les bulbes de ses tulipes et dégager à la main les mauvaises herbes qui étouffaient les jeunes pousses. Mais – on ne rajeunit pas – ses genoux commençaient à la faire souffrir. Elle savait donc gré à son gendre d'avoir pensé à lui offrir, pour ses soixante-quinze ans, cette paire de genouillères qui soulageait ses articulations et lui évitait du même coup de salir son pantalon de travail. Or, Geneviève Boussac détestait toute forme de saleté. Et ce même gendre – qui n'avait pas que des mérites, loin s'en faut – avait ricané en la qualifiant d'obsessionnelle de la propreté. Elle avait alors haussé les épaules avec dédain et soupiré en levant les yeux au ciel pour signifier qu'elle ne goûtait pas ce genre de considérations goguenardes et elle avait ajouté, perfide, « qu'il valait mieux ça que l'inverse ! », en le toisant d'un air entendu puis en claquant la porte de sa cuisine.

Mais ce matin-là, il lui fallait bien reconnaître qu'elle préférait, oui, autant que possible – quel mal y avait-il à ça ? –, le rutilant au crasseux. Elle ruminait cet affront en frottant sous l'eau du robinet une jolie petite pierre blanche sur laquelle elle était tombée à quelques centimètres de profondeur, enterrée dans son jardin, à l'endroit exact où elle s'apprêtait à planter un géranium. Dans le même secteur, elle en avait déjà trouvé une petite la même taille depuis quelques jours, et d'autres un peu plus oblongues. Toutes avaient subi un récurage en règle avant d'être rangées dans un tiroir de la cuisine. Une fois briquée, elle voulut ajouter cette nouvelle pierre à sa collection. Repensant à cet idiot de gendre, elle ouvrit le tiroir d'un coup sec.

Miracle des coïncidences, ce mouvement un peu brutal déplaça par glissade les cailloux déjà remisés et les agença de telle manière que Geneviève Boussac comprit tout de suite qu'il lui fallait avertir les autorités.

Lorsque Richard Détourel, le garde champêtre – il faisait office de policier pour de nombreux habitants –, entra dans la cuisine, il siffla d'étonnement et contempla ce squelette immaculé d'une main droite humaine reconstituée, en se grattant la tête pour comprendre ce qu'elle pouvait bien faire, posée là, dans le tiroir de cette cuisine du petit village d'Andrezaille, non loin de Belprat, en Èvre-et-Maine.

Alfred Langevin fut la première personne à laquelle il pensa.

***

L'Affaire Alfred Langevin

Par Adémar Flanne,
directeur de la rédaction du *Matin de Belprat*

I

Contrairement à ce que pensent certains intellectuels en mal de concepts et prompts à couper les cheveux en quatre, une information ne dépend ni du point de vue ni du contexte. Un fait est ou n'est pas, voilà tout. Face à une rumeur, le journaliste professionnel se doit de faire la part du vrai et du faux. Si l'événement a eu lieu, alors voici une information ; sinon il n'y a rien d'autre à en faire que de le nommer mensonge. Voilà l'enseignement de mon maître, Ignace Lavalette, fondateur du *Matin de Belprat* en 1934, retraité, mais toujours propriétaire du journal que j'ai l'honneur de diriger.

Si vous pénétrez un jour dans la rédaction du « *Matin* », comme nos lecteurs fidèles – et les habitants de Belprat (et alentour) en général – ont l'habitude de l'appeler, si vous franchissez donc la porte de la rédaction, sise rue Saint-Claude, au cœur de Belprat, vous découvrirez une ruche où fourmillent ceux que je nomme mes petites abeilles. Ce sera sans doute notre secrétaire, la sémillante Magalie Breteau qui vous accueillera, experte en télécommunications. Elle assure les envois et réceptions des fax et la permanence téléphonique – essentiels dans une rédaction. Avancez un peu – si Magalie vous y autorise, bien entendu –, voilà Jean Gache, notre rédacteur en chef adjoint, Christiane Deleau, cheffe d'édition et maquettiste, et secrétaire de rédaction, chargée de faire la chasse aux coquilles et trop souvent à la mauvaise syntaxe de nos reporters parfois trop pressés de délivrer leur information pour s'attarder sur l'orthographe. Jean-Louis Pinsard aussi, journaliste chevronné sous la direction Lavalette déjà, devenu éditorialiste à temps partiel, et enfin Claire Pan, notre jeune reporter tout terrain, qui n'a qu'un handicap, son nom, qui, quand il résonne trop fort dans la rédaction – « Pan ! Pan ! » –, a tendance à créer une légère panique. Et puis au fond, modestement, mon bureau, dont la porte reste toujours ouverte, comme mon oreille, quand il s'agit d'écouter mes journalistes et les battements du monde. Nous ne sommes pas de trop pour couvrir l'actualité de Belprat (7 280 habitants) et alentour – une douzaine de communes à peu près (5 000 habitants de plus, 12 280 en tout).

Malheureusement, vous ne verrez donc pas – toujours dans l'hypothèse où vous franchiriez la porte de notre rédaction – le jeune Alfred Langevin, pour les raisons que vous savez et qui me poussent à écrire ce livre, moi qui, habituellement, ne prête ma plume qu'à la forme courte. Mais l'exercice journalistique réclame parfois quelque largeur, un peu plus de place ; il doit déborder des pages du journal pour entrer dans les détails et traiter une information *in extenso*. Pardonnez cette solennité, mais le retentissement national et international de cette affaire m'oblige, moi, Adémar Flanne, en tant que directeur de la rédaction du *Matin de Belprat*, à relater l'entièreté des faits qui ont souillé l'image de notre beau journal. Les exactions d'un seul ne doivent pas (en aucun cas) ternir la réputation de cette équipe éditoriale au service des Belpratalses et des Belpratais (et habitants alentour) qui ont été dupés autant que nous l'avons été nous-mêmes.

Mon souhait, chers lecteurs, est qu'à la fin de ce livre, vous ayez pris connaissance des faits et que vous en ayez saisi les ressorts les plus subtils pour comprendre le mécanisme qui nous a conduits dans pareille situation. Vous pardonnerez, je l'espère, les éventuelles maladresses de votre serviteur dont voici le premier ouvrage journalistique[1] *stricto sensu*. Mais il en va de la confiance que vous (et nos généreux sponsors) portez à votre quotidien. Tout ce que je sais sur ces événements provient de mon observation personnelle au moment des faits, des récits des autres membres de la rédaction et des témoins concernés qui ont bien voulu me livrer

1. Pour être tout à fait exact, votre serviteur a déjà publié un essai d'histoire : *Origines et développement de la boule fortiche à Belprat (et alentour)*, Éditions Dicare, 1981.

leurs souvenirs. Nous avons pu par ailleurs consulter les dossiers de police, exploiter les affaires personnelles d'Alfred Langevin dans son bureau de la rédaction, enquêter sur les différents lieux et recouper les éléments comme il se doit. Rarement, nous avons dû céder à une part négligeable d'imagination afin de reconstituer des dialogues ou quelques éléments essentiels à la fluidité du récit.

Voici donc l'histoire du cas Alfred Langevin.

2

Oh, je m'en souviens comme de mon premier reportage ! Alfred Langevin a débarqué dans mon bureau pareil à une bourrasque, avec fracas. Au printemps 1994, si ma mémoire est bonne. J'étais en train de bourrer une pipe et je me rappelle avoir sursauté quand ce jeune homme et son enthousiasme ont fait irruption. Le tabac s'est éparpillé sur tous les feuillets que je corrigeais alors. J'eus à peine le temps de m'agacer, cela dit. En quelques gestes francs et habiles, Alfred avait récupéré les miettes et, en mettant sa main en cuillère, avait tout reversé dans ma blague à tabac posée à côté de mon ordinateur. Si je l'avais laissé faire, il me semble qu'il aurait saisi la pipe et m'en aurait préparé une nouvelle du même geste. Il m'a amusé, je dois l'admettre, et au lieu de l'admonester et de le congédier, je lui ai repris ma blague des mains et l'ai prié de s'asseoir (calmement) en face de moi.

« Mon garçon, lui ai-je lancé, que puis-je pour vous ? » Oh ! Mon Dieu ! Il n'a pas simplement répondu qu'il voulait un poste et vivre de l'investigation journalistique. Quel phénomène, quand j'y pense. « Je veux, monsieur, a-t-il rebondi, je veux la vérité et rien que la vérité, je veux la dénicher où qu'elle se cache, quelles que soient les pressions politiques et économiques, et je désire, monsieur le directeur de la rédaction ("appelez-moi Adé", l'ai-je coupé brièvement), je désire, monsieur Adé, la montrer nue au monde telle que je la déterrerai. » Quel beau dessein que voilà, avais-je pensé – c'est bien ironique quand on sait la suite des événements.

Je le dis sans rougir : j'ai pris immédiatement Alfred Langevin sous mon aile et lui ai enseigné ce que quarante bonnes années de terrain et de fréquentation d'Ignace Lavalette m'avaient appris. Excepté ce qui ne s'apprend que par l'expérience, et la confrontation directe à la rue, je lui ai tout donné sans réserve : trouver son chemin dans les archives, terminer un papier[1] en temps et en heure, dégoter les comptes rendus des inaugurations, les astuces pour s'abriter du mauvais temps lors des matchs du FCB (Football Club de Belprat) sans manquer une seule action, je lui avais même offert une copie de la liste de mes contacts téléphoniques (y figuraient les coordonnées de toutes les personnalités importantes du canton jusqu'à Doutreville, la préfecture).

1. On dit « papier » pour « article » dans le jargon journalistique d'investigation professionnel.

Mais Alfred Langevin n'appartenait pas à la catégorie de ceux qui se contentent de ce que la vie veut bien leur offrir. Oh, mon Dieu, non. Alfred se croyait un nouvel Albert Londres – Jean-Louis, bientôt suivi par la moitié de la rédaction, l'avait d'ailleurs très vite affublé du surnom cocasse d'« Alfred Londres ».

J'admirais l'ambition de ce jeune homme mais l'avais très vite mis en garde contre l'excès de zèle qui desservirait non seulement ses intérêts, mais ceux du journal en sus. Nul besoin, par exemple, de « dénoncer » (il n'avait que ce mot à la bouche) les exactions de Mme Bertille, gérante du magasin Plaisir d'offrir juste en face du journal, coupable selon lui d'avoir poussé les soldes une semaine après la date butoir imposée par les règlements nationaux, quand on sait que le mari de celle-ci, Jean-Pierre Bertille, chargé de mission à la mairie, faisait partie de nos sources directes et nous informait, parfois plusieurs semaines en amont, des futurs projets non inscrits à l'ordre du jour des réunions du conseil municipal[1].

Alfred avait, c'est vrai, l'étoffe d'un Bob Woodward, mais Belprat ne recelait pas assez de Watergate ou d'écoutes téléphonique illicites. Notre bonne ville était trop pauvre en affaires d'envergure pour l'appétit d'Alfred. Et voilà comment Belprat acquit une notoriété internationale, suivie d'un scandale retentissant.

---

1. Les noms ont été modifiés pour garantir l'anonymat de nos sources.

Mais – l'habitude, que voulez-vous – je me laisse aller à une méthodologie toute journalistique en dévoilant les faits trop vite. N'allons pas tout exposer d'un seul tenant. Il nous apparaît nécessaire, pour que notre lecteur comprenne comment cette affaire a pu advenir, de reconstituer les événements depuis le début et de laisser se déployer la vérité, en assistant à ce bien triste spectacle qui finit par jeter l'opprobre sur toute une profession.

3

Alfred devait donc avoir dans les vingt-cinq ans quand je décidai de l'embaucher au *Matin de Belprat* – nous dirons « *Matin* » dorénavant, si vous n'y voyez pas d'inconvénient.

Il était assez grand, beau garçon, des cheveux bruns en pagaille qui lui donnait un air romantique, mais, mon Dieu, il avait aussi cette allure dégingandée du jeune homme qui ne maîtrise pas encore ces bras trop longs et fait choir par maladresse tout ce qui passe à sa portée. Il balbutiait toujours des excuses dans un sourire gêné, les joues et le front rouges, si bien que personne jamais ne lui en gardait rancune. Il ne tenait pas en place. Quand je lui fis visiter la rédaction, il sautait d'un poste à l'autre, avec une énergie non dissimulée. On aurait dit que tous les métiers le séduisaient. Heureusement, car il va de soi qu'il ne commença pas par être envoyé sur le terrain. « Patience, lui dis-je, devant sa déception, prenez le temps d'apprendre, d'apprécier l'ambiance, d'établir le contact, mon vieux. Faites vos armes ! Les Belprataises, Belpratais (et habitants alentour) sont d'un naturel accueillant, mais si vous voulez atteindre le stade des confidences, il vous faudra les travailler au corps, les fréquenter, vous faufiler, faire partie du paysage. Doucement. » Alfred avait vécu un temps dans le centre de la France, ce me semble, mais il avait suivi des études à Doutreville, à cinquante kilomètres de Belprat. Voilà pourquoi il avait répondu à l'offre d'emploi que j'avais fait paraître dans *Ouest-France*, journal ami, sinon allié, avec lequel j'ai toujours entretenu des relations confraternelles courtoises, et dont la diffusion couvre un territoire un peu plus vaste que celui du *Matin*.

Je plaçai Alfred aux petites annonces, justement. Les us et coutumes des autochtones se révélaient aussi par leur manière de vendre et d'acheter. C'était là une excellente manière pour lui de découvrir l'Èvre-et-Maine. Tout le département, à mon avis, se dévoilait dans ces commerces d'occasion locaux. C'est en ces pages, d'ailleurs, via un petit texte habilement troussé, en toute modestie, que j'eus l'honneur de rencontrer Mme Rosaline Flanne, qui s'appelait alors Bretaudeau, lectrice du *Matin*, que ma petite poésie amusa, et qui eut de son côté le courage de composer le numéro de téléphone que j'y avais laissé et qui devint donc Mme Flanne après seulement un an de fréquentation, mais qui préféra m'abandonner bien injustement, il y a peu, pour Christian Socque, patron de l'entreprise de fabrication de charrues, Charrues Socque. Mais passons, je ne voudrais pas vous ennuyer avec mes déconvenues personnelles, ce serait s'éloigner par trop de notre sujet et n'entrerait pas dans le cadre, pourtant rigide, de la démarche journalistique professionnelle. Quoique ces deux-là aient joué un bien triste rôle dans cette histoire, eux aussi.

Alfred fit miracle. On payait au mot et il n'avait pas son pareil pour convaincre les clients de préciser leur souhait. Vouliez-vous vendre une voiture ? Vous présentiez la marque, la couleur, l'ancienneté, l'état général et le nombre de kilomètres, comme il se doit. Eh bien, Alfred conseillait d'ajouter quelques éléments sur la tenue de route, la qualité du moteur ou le système de freinage, en promettant au client, en tant que responsable des annonces, que les ventes se concluaient plus sûrement avec deux lignes de précisions supplémentaires qui rassureraient un acheteur potentiel. Il fit si bien que les clients sortaient ravis du bureau et remerciaient d'avoir payé un peu plus cher. Cela requiert un certain talent commercial, tout de même. Alfred doubla bientôt le chiffre d'affaires du service. Bien sûr, cette section manquait de noblesse, mais elle n'en demeurait pas moins un rouage essentiel de notre journal – essentiel à sa santé financière. Ce ne sont pas les scoops, mais les petites annonces qui permettent à ce frêle esquif qu'est un journal de rester à flots. On parle beaucoup de cet Internet qui pourrait d'ici peu, si l'on n'y prend pas garde, nous priver petit à petit de cette manne, et nous devons bien admettre que nous ne savons pas si le *Matin* continuerait longtemps de prospérer sans. Les difficultés financières d'un journal sont inhérentes à son existence même, surtout pour un journal de qualité. Nous comptons sur vous, chers lecteurs !

Malheureusement pour le service des petites annonces, j'entendis bien vite Alfred frapper de nouveau à la porte de mon bureau avec sa vivacité habituelle. Il me supplia de le laisser enquêter sur une affaire d'importance. Je venais justement de recevoir le matin même une alerte au sujet d'une étonnante histoire, et la lui cédai.

4

Le pauvre Lucien Brignol souffrait depuis l'enfance d'une déformation de la bouche qui lui donnait toujours un air navré. Pourtant, quand Alfred arriva avec une heure d'avance afin d'être certain de ne pas manquer le grand départ, il constata que c'était plutôt Lucie Brignol, sa femme, qui grimaçait. Lucien, lui, arborait un beau sourire. Il me salua d'un signe de tête – j'avais prévenu Alfred que je l'accompagnerais pour ce premier reportage de terrain, mais que je resterais en retrait, à une dizaine de mètres, pour le laisser tout à son aise. Il serra la main d'Alfred qui sentit dans ce geste à la fois la nervosité, l'empressement et la joie de Lucien Brignol.

Alfred s'embourbait à cause de ses bottes peu adaptées à la terre labourée, mais il portait par tous les temps, et quelle que soit la saison, ses santiags fabriquées par l'usine Pibody de Belprat, usine de chaussures à renommée internationale, dirigée par Pierre Delépau, qui, un soir, après avoir regardé un western, s'était mis en tête de lancer une gamme de santiags locales. Mais – c'était là l'idée géniale – par une conception révolutionnaire en ingénierie podologique, il était impossible de distinguer la chaussure droite de la gauche. Elles étaient en tous points semblables. Elles furent considérées, par un cénacle d'experts, comme les meilleures santiags de l'ouest (de la France) et gagnèrent même le concours de la meilleure innovation lors de la Belprataise, la foire agricole annuelle qui attire chaque année des milliers de visiteurs et d'exposants de Belprat et alentour et encore au-delà depuis cinq cents ans.

Mais le public, trop décontenancé par le style cow-boy, ne plébiscita pas cette idée, qui, même incroyablement ingénieuse, n'offrait, il est vrai, aucune utilité particulière. Chez Pibody, bien avisés, on s'arrêta donc au stade de prototypes et on ne lança jamais la production de masse. Or, Alfred cherchait justement à se chausser avec élégance quand il tomba dessus lors de la « Belprataise ». Il voulut acheter les trois seules paires de 42 existantes – c'était une manie, il se procurait toujours ses tenues par trois, pour alterner le port et les garder le plus longtemps possible. En ce qui me concerne, puisque l'on évoque le sujet, je veille toujours à choisir de bonnes mailles et des cuirs de bonne facture. Ignace Lavalette avait coutume de dire : « Je n'ai pas les moyens d'acheter de la mauvaise qualité. » Toujours est-il que, pour la petite histoire, Pierre Delépau refusa de les lui vendre parce qu'il s'agissait donc de prototypes, mais il avait trouvé ce jeune homme très sympathique et lui en offrit une paire.

Alfred s'empara du calepin qu'il gardait en poche et du stylo toujours coincé au-dessus de son oreille pour, comme un cow-boy prudent, dégainer rapidement en cas d'urgence. « Je vous écoute », lui dit-il. « On n'attend pas vos confrères de la presse nationale ? On avait annoncé le lancement pour dans une heure », s'inquiéta Lucien. « Oh ! Ne vous en faites pas pour ça, je leur raconterai tout, dans les moindres détails, ne perdez pas votre temps pour si peu. Vous gagnerez au change, je suis un professionnel du récit. Et la météo est capricieuse aujourd'hui, vous devriez y aller. » C'était là une astuce (un peu déloyale, j'en conviens) que j'avais enseignée à Alfred et je souris malgré moi, me souviens-je, un peu ému de constater que l'élève avait déjà si bien appris du maître.

L'agriculteur (tel était son métier) devint grave soudain, et navré (mais ce trait-là n'était dû qu'à son léger handicap), il prit une grande inspiration et se fit solennel : « Moi, Lucien Brignol, exploitant agricole à Belprat, je, soussigné, déclare, en ce jour du 2 février 1995, que je m'en vais prouver que la Terre n'est pas aussi ronde qu'on a bien voulu nous le faire accroire pour des raisons financières évidentes… »

Juste derrière le couple, se tenait, le nez fièrement pointé vers le ciel, un fuselage de tôles grises, surmonté d'une verrière en plexiglas. L'engin devait mesurer à peu près cinq mètres de long. Lucien ne tenait plus en place, il oscillait d'une jambe sur l'autre et sentait derrière lui sa machine vibrer d'impatience.

***

2 février 1995

Cinq ans et tout son héritage avaient été nécessaires à Lucien Brignol pour étudier les trajectoires, enrichir ses trop faibles connaissances en motorisation d'engins volants. Beaucoup de mauvais calculs avaient freiné son ambition avant de parvenir à la bonne équation, d'abord, et à la bonne solution, ensuite. La pauvre Lucie avait dû se résoudre à consentir à cette folie en lui arrachant tout de même la promesse qu'une fois cette mission accomplie, son mari s'en tiendrait là, quel que soit le résultat de l'opération.

En l'écoutant tenir son discours, maintes fois grandiloqué, elle se remémorait les dernières années pénibles. « Lucie, écoute ça, disait-il avant de se coucher : “la fierté qu'a un simple humain d'accomplir une tâche pour l'humanité tout entière.” Qu'en penses-tu ? » Et au lever : “J'ai pensé donner une liste de grands hommes à laquelle je pourrais, à la toute fin, ajouter mon nom. Non ? Ça fait prétentieux ? Enfin, c'est pas rien quand même ! Non ?" Elle hochait la tête et lui donnait raison, quoi qu'il propose, qu'elle puisse se replonger le plus vite possible dans son feuilleton, si bien qu'elle n'avait pas tout à fait compris là où il voulait en venir et ce qu'il cherchait à prouver exactement (ni si Grisella était coupable du meurtre de la sœur de son beau-père pour toucher l'héritage, puisque Lucien la distrayait sans arrêt de cette intrigue télévisée).

Elle se souvenait que l'obsession de son Lucien avait débuté un vendredi soir. Comme tous les vendredis soir, il était revenu éméché de Chez René, le seul bistrot de La Pitinière (à deux kilomètres de Belprat à vol d'oiseau), pour son rendez-vous hebdomadaire avec ses amis de toujours. « Des ennemis à partir de maintenant ! », avait-il annoncé à Lucie. Roger Braquamont, le patron (arrière-petit-fils de René Braquamont qui donna son prénom à l'établissement), et Fernand Bracion l'avaient pour ainsi dire insulté quand Lucien avait eu le malheur de leur faire part de ses considérations sur la forme de la planète.

Avant de se rendre Chez René, il avait passé la journée à moissonner son champ, et tout à son travail, il avait observé l'horizon longuement et l'intuition l'avait frappé comme une épiphanie : la Terre était plate.

Oh, il avait pourtant fait bien attention à ne pas annoncer de but en blanc la nouvelle. Avisant dans le journal posé sur le comptoir un article qui vulgarisait le lancement d'une sonde spatiale, avec force schémas et descriptions du système solaire, il avait tout exprès soupiré fort plusieurs fois de suite, au bout du zinc, le nez dans son journal, jusqu'à ce qu'Aristide Petiteau lui demande ce qui le contrariait comme ça.

— Ce qui me contrarie, mon cher Aristide, expliqua-t-il en lâchant son journal et feignant de n'avoir que cet interlocuteur comme audience, tout en constatant, ravi, que les deux autres, Roger et Fernand, avaient cessé leur conversation pour tendre une oreille de son côté du bar, ce qui me contrarie, c'est que *Le Matin de Belprat* nous raconte n'importe quoi au sujet de la planète Terre, vois-tu.

— Allons bon, fit Aristide.

— Eh bien, oui… Ce torchon à la solde sans doute de je ne sais quel lobby veut nous faire croire que la planète est ronde, sphérique, alors qu'elle est bel et bien plate, comme cette assiette.

S'en était suivie une longue discussion scientifique pendant laquelle Lucien, à l'aide d'un œuf dur posé sur le comptoir et d'une soucoupe vidée de ses cacahuètes, avait entrepris de démontrer ce qu'il appelait sa « théorie intuitive ». Roger et Fernand, pris au jeu, avançaient d'autres arguments, tenaient tête à Lucien, et se délectaient du spectacle qu'offrait leur ami éructant et pestant contre ces « jean-foutre, bas de plafond et scientifiquement incompétents ».

Aristide, qui n'aimait rien tant que le calme d'une belote, essayait d'arbitrer les débats, d'apaiser Lucien et d'appeler discrètement les autres à la retenue, en suppliant que l'on puisse commencer à battre le jeu. Mais aucune annonce n'aurait lieu ce soir-là, personne ne prendrait ni ne passerait, les cartes resteraient dans leur boîte comme le sabre dans le fourreau du pacifiste, puisque le quatrième s'en alla furieux, sans même vider son verre – ce qui démontra la sincérité de son courroux. Et tout en quittant le bistrot, Lucien vociféra et jura qu'il leur prouverait ce qu'il avançait et qu'ils verraient bien, alors, qu'ils verraient bien ! Il rentra chez lui et se mit immédiatement au travail devant sa Lucie affolée.

2 février 1995

Le jour était venu. Pendant son discours, Lucien jetait discrètement un œil aux deux journalistes, le jeune Alfred Langevin et Adémar Flanne, le directeur du *Matin de Belprat,* les cheveux gris en bataille, vêtu de son costume vert olive, toujours un peu débraillé, le pan droit de la chemise sorti du pantalon, et un mouchoir qui dépassait trop de la pochette de la veste. Lucien lança aussi un regard à ses trois amis sceptiques qui avaient fait le déplacement et qui se tenaient sur le côté. Fernand avait tenté de le dissuader et avait même présenté des excuses pour éviter que son ami ne grimpe dans cet engin. Mais c'était mal connaître Lucien.

Après son discours, Alfred le relança :

— Pour résumer, vous vous apprêtez à monter dans une fusée fabriquée par vos soins, pour grimper au-dessus de la stratosphère, d'où vous prendrez une photo afin de prouver que la Terre ne roule pas autour d'une orbite façonnée comme une balle de ping-pong, mais flotte, plate comme la paume d'une main dans l'espace ?

— C'est bien ça.

Alfred porta son appareil photo à hauteur de son œil, visa Lucien, qui se tenait droit, le menton légèrement relevé, les mains posées sur les hanches. *Clic.*

— Mais à ce propos, demanda fort justement Alfred, comment comptez-vous atterrir ? Je ne vois aucun train d'atterrissage.

Le spationaute amateur regarda le journaliste avec l'air de dire qu'il s'attendait à cette question légitime.

– Jeune homme, vous avez devant vous un autodidacte. J'ai pu, en quelques années d'efforts, acquérir les connaissances suffisantes pour propulser cet engin et moi-même suffisamment haut, mais je n'ai pas les compétences pour construire une fusée manœuvrable. Mon objectif n'est que de monter assez haut pour prouver ma théorie intuitive, puis de redescendre sans trop de dommages. Ainsi, dit-il en tapotant l'arrière de la carlingue, ici et là, deux parachutes se déploieront automatiquement au moment de la descente et me permettront de me poser, non pas en douceur, peut-être, mais au moins entier.

Il passa la dragonne de son appareil photo à son poignet et le leva.

— Avec ça et la preuve qu'il contiendra !

Alfred prit un nouveau cliché et hocha la tête, comme pour lui donner l'autorisation de décoller. Lucien regarda en l'air, se tourna vers ses anciens amis inquiets, leur concéda un rapide signe de main, déposa un baiser sur le front de Lucie, et s'agrippa à la petite échelle posée à l'avant de la fusée. Il monta barreau par barreau, en scrutant le ciel à chaque nouveau cran. On aurait juré qu'il hésitait un peu, finalement. Mais il se reprit, ouvrit la verrière du cockpit et s'installa à bord. Il fit un geste à sa femme – le signe convenu pour qu'elle retire l'échelle, ce qu'elle fit. Puis elle demanda à tous les spectateurs de reculer, se retourna vers son mari. Deuxième signe. Deux doigts joints en abaissant la main vers l'avant annonçaient un départ imminent. Lucie s'époumona : « Cinq, quatre, trois, deux, un… ».

L'Affaire Alfred Langevin

Par Adémar Flanne,
directeur de la rédaction du *Matin de Belprat*

5

À la fin du compte à rebours de Lucie Brignol, s'écoulèrent encore deux minutes et le réacteur s'alluma dans un formidable panache de fumée et le tressautement de flammes. Soudain, le feu redoubla d'intensité et nous sentîmes la terre trembler sous nos pieds. Avec une telle puissance, la fusée allait s'arracher du sol en une fraction de seconde ; au lieu de ça, le moteur crachota encore quelques flammèches et s'arrêta net. Le nez de l'engin bascula vers l'avant, le socle céda, et toute la structure tomba. On entendit Lucien Brignol jurer et trafiquer quelques manœuvres de secours à l'intérieur de son cockpit, puis le réacteur repartit et cette fois la fusée fut propulsée mais elle tourna d'abord sur elle-même à une vitesse sans doute difficile à supporter pour un humain. En tournoyant toujours, elle percuta un arbre, ce qui stoppa la rotation et elle partit enfin, droite, vers l'avant, mais au ras du sol. Lucie Brignol se cachait les yeux, tandis que nous regardions avec horreur ce spectacle terrible, imaginant déjà Lucien Brignol mort pour la science à l'intérieur de son invention. Nous nous apprêtions à voir l'aéronef se disloquer contre le talus vers lequel il s'approchait à toute vitesse, mais – miracle – il lui servit plutôt de tremplin et la machine s'éleva dans les airs. Elle atteignit deux cents mètres de hauteur, peut-être, et un grand silence se fit. Le moteur s'était de nouveau arrêté. Dans ce calme angoissant, on entendit un *plop*. C'était le mécanisme de déclenchement des parachutes qui heureusement se déployèrent. L'engin redescendit trop vite, mais les toiles s'emberlificotèrent dans le grand chêne planté au milieu du champ. La fusée resta attachée un moment, pendue aux branches – Alfred prit quelques clichés –, puis les cordes cédèrent, et l'engin descendit par secousses au fur et à mesure que la toile des parachutes se déchirait. Les pompiers arrivèrent à l'instant précis où la fusée touchait le sol. En même temps que les journalistes de la télé nationale. Ils ne purent filmer que Lucien qui rampait en dehors de son aéronef. L'astronaute belpratais fit signe aux pompiers qu'il n'avait pas besoin d'aide, se releva, puis s'éloigna en claudiquant vers sa maison, suivi de près par Lucie.

Il ne sortit pas de chez lui ni ne parla à quiconque pendant dix jours. Au onzième jour, il se rendit chez Roger, déclara à ses amis rassemblés qu'il n'avait rien à déclarer, justement. Qu'il avait vu ce qu'il avait à voir et que le sujet était dorénavant clos. Les autres hochèrent la tête, Aristide proposa une belote, tout le monde acquiesça et la vie reprit son cours. Lucien Brignol ne reparla plus jamais de l'affaire et personne ne sut si sa brève expédition aérienne l'avait convaincu ou non de la rotondité de la Terre.

L'information, elle, l'histoire de Lucien, fit le tour du monde. Et la une de plusieurs journaux jusqu'en Amérique. On évinça les quelques curieux qui se présentèrent ensuite.

Cette renommée internationale était due au papier d'Alfred et aux seules photos existantes de la fusée dans les airs : une double page dans *Le Matin de Belprat.* Bien entendu, je l'aidai à mettre en forme et je corrigeai çà et là quelques erreurs de formulation, mais à peine. Alfred passa la nuit à rédiger son dossier. Toute la rédaction du journal se mobilisa pour l'aider. L'imprimeur, lui-même, retint ses rotatives. Les photos furent achetées par *Life* et le *Time Magazine. Le Matin* connut son record de ventes – j'avais pris soin (soit dit en toute modestie) de tripler le tirage. Je me souviens être rentré à l'aube pour dormir quelques heures, et avoir dit à Rosaline (que j'avais réveillée bien involontairement) que j'étais fier et honoré d'avoir Alfred comme disciple – j'avais tenu le même discours à Alfred lui-même, en lui serrant chaleureusement la main à l'imprimerie, au moment où sortaient les premiers exemplaires. Si j'avais su…

6

Si j'avais su, disais-je, mais j'aurais dû m'en douter, et je m'en veux, oui. J'appartiens à cette trop rare caste d'humains qui savent reconnaître leurs torts, voyez-vous. Et j'ai eu tort et manqué de clairvoyance à l'endroit de mon disciple. Au sujet de ma chère Rosaline aussi, d'ailleurs. Dans les deux cas, j'ai préféré refuser de voir ce qui crevait pourtant les yeux. Pour ce qui est de Rosaline, comment ai-je pu ne pas remarquer que Christian Socque tournait autour tel un vautour après son divorce d'avec Jacqueline Socque (née et redevenue Jacqueline Entier), et comment ne m'est-il pas apparu plus tôt que Rosaline avait cédé aux sirènes du luxe. Je n'ai pas pu lutter avec mon maigre salaire de modeste serviteur de l'information quotidienne face à la puissance de l'empire des Charrues Socque. Rosaline, ma Rosaline, qui du jour au lendemain me réclama un tour de cou en renard pour passer l'hiver. « Comme celui de Jacqueline », avait-elle précisé. Et moi, pauvre aveugle. À quoi tient le flair, décidément.

Dans le cas d'Alfred, c'était moins la cécité que l'incapacité à concevoir une telle forfanterie, un manque d'imagination, en somme. Chose qui ne lui fit pas défaut, en revanche. « L'oisiveté est mère de tous les vices », nous a appris notre professeur en classe élémentaire, M. Reveau, quand, au cours d'une récréation, il surprit deux élèves en train de fumer des cigarettes de thé roulées avec du papier de cahier d'écolier. Avant de nous faire entrer en classe, il avait inscrit ce proverbe sur toute la largeur du tableau noir et entreprit de nous expliquer le sens de cette maxime. Elle m'enseigna la méfiance envers l'ennui et l'inaction, ces deux tares jumelles qui mènent à l'exaction. L'être humain est ainsi conçu qu'il ne supporte pas de tourner en rond trop longtemps. Vient un moment où quoi qu'il en coûte, il doit s'évader de cette balade circulaire interminable, il finit par prendre la tangente et une résolution : tout sauf ne pas agir. Et, faute de mieux sous la main, il se vautre dans le crime, au pire ; le délit, au mieux.

Après la gloire éphémère de la double page Brignol, Alfred chercha en vain d'autres affaires de cette ampleur. Il suivait toutes les pistes éventuelles, visitait la gendarmerie tous les jours. Rien. Je le voyais aussi de loin interpeller notre bon garde champêtre, Richard Détourel. N'aurait-il pas remarqué quelque chose d'inhabituel dans sa ronde ? Le pauvre Richard ne pouvait que hausser les épaules : rien de rien.

C'était misère que de voir Alfred tourner en rond dans la rédaction de la rue Saint-Claude. Claire Pan essayait de lui remonter le moral, elle lui donnait même quelques os à ronger quand elle le pouvait : un chat incapable de redescendre de la cime à laquelle il avait grimpé, un nid de guêpes qui avait boursouflé une pauvre Belprataise. Les pompiers avaient l'amabilité d'appeler Claire Pan pour couvrir ce genre d'affaires – en échange, elle avait la courtoisie de leur offrir bénévolement ses services et son talent de photographe pour les photos de leur calendrier annuel. Alfred acceptait tout et avec beaucoup de gratitude. Mais enfin, quand CNN vous a dépêché un caméraman pour obtenir votre témoignage sur un reportage, que voulez-vous faire de ces menus incidents ? Vous pourrez enjoliver, gonfler l'événement tant que vous voudrez, pas de quoi créer l'étonnement. Pas de quoi obtenir ce que l'on appelle dans la rédaction du *Matin* un « Écoute ça, Josiane ». Un « Écoute ça, Josiane » est une information à ce point étonnante qu'un homme tranquillement installé pour lire son journal chez lui, à la table du petit-déjeuner, ne pourra s'empêcher d'interpeller son épouse (ici, Josiane, mais on aurait pu dire Béatrice) pour lui faire part de sa découverte. Voilà ce qu'Alfred cherchait. Et voilà ce qu'il trouva – enfin, le croyais-je, imbécile que je fus.

7

Il faisait une chaleur caniculaire. C'était au mois de juillet 95, le 1er, un samedi – je m'en souviens, parce que le samedi est (« était », mon Dieu, il faudra bien que je m'y fasse) le jour de Rosaline, c'est-à-dire que son emploi du temps était tel qu'il nous empêchait chaque semaine de faire quoi que ce soit d'autre que de suivre à la lettre son programme : réunion de vente de boîtes en plastique à domicile, suivie des cours de gymnastique, puis courses à l'Inter U (anciennement Unico), etc. Je m'acquittais ces jours-là d'une simple fonction d'assistant-chauffeur. Nous étions en train de ranger les victuailles par ordre alphabétique – une manie de ma Rosaline pour mieux s'y retrouver –, quand le téléphone sonna. C'était Claire Pan, de permanence à la rédaction, qui me prévenait : une catastrophe s'était produite chez Praline, le magasin de chocolats et chocolaterie locale enviée jusqu'à Doutreville. Je me précipitai dans ma Citroën Visa pour parcourir le kilomètre qui me séparait du lieu du drame sans en savoir davantage et, quand j'arrivai sur place, le quartier était bloqué par les forces de l'ordre. Je sortis de ma voiture et m'enquis de la situation auprès du capitaine des pompiers, Patrick Legouais. Je croisai au passage le confrère de *Ouest-France*, auquel je fis un signe de tête courtois, et ignorai Stéphane Blabec, le correspondant local de *La Gazette de Doutreville*, feuille de chou méprisable, qui lui me salua de loin, en pure perte.

Manifestement, les deux n'avaient pas plus d'informations que moi. On ne pouvait que constater que la vitrine de Praline avait éclaté et qu'une immense marée de chocolat fondu s'était répandue jusqu'en bas de la rue, au rond-point du général de la Contreret. Mais – voilà la récompense d'années de prises de contact et de sérieux professionnel – le capitaine me prit à part et m'expliqua que le système de climatisation et ventilation de la boutique avait cessé de fonctionner pendant la nuit. Or, un stock de chocolat avait été entreposé dans la réserve du magasin en prévision de la Belprataise, prévue presque deux mois plus tard, le 9 septembre. Bernard Desbois, le chocolatier, avait l'intention de créer plusieurs tracteurs et autres engins agricoles grandeur nature, en chocolat. Sans la climatisation, il avait commencé à fondre et s'était accumulé contre la porte trop légère de la réserve. Celle-ci avait résisté tant qu'elle le pouvait, mais au petit matin la pression avait été telle (plusieurs tonnes de chocolat, imaginez-vous) que la porte avait cédé d'un seul coup et été propulsée contre la vitrine avec la vague immense et boueuse de chocolat, le tout avait éclaté la vitrine et s'était déversé en torrent dans toute la rue de l'Èvre.

Je pris quelques photos et regagnai la rédaction. Chose étrange, Magalie Breteau avait déserté son poste. Personne à l'accueil. Mais j'entendis bientôt un brouhaha. J'approchai, toute la rédaction était rassemblée. Jean Gache, Christiane Deleau, Jean-Louis Pinsard et Claire Pan formaient un cercle autour du bureau d'Alfred, assis là. Je me frayai un chemin entre Christiane et Jean-Louis. C'était une photographie qui captait l'attention de mes journalistes. On y voyait le torrent de chocolat au moment précis où il passait à travers la vitrine, avec des morceaux de verre qui voletaient en tous sens. La photo parfaite, digne d'une affiche de film catastrophe. On aurait cru que cette vague déferlait sur nous. Alfred leva les yeux vers moi. Il passait devant le magasin au moment où il entendit un bruit suspect, m'expliqua-t-il, des grincements. Il posa ses mains en visière et s'approcha de la vitre. Il vit, au fond de la boutique, la porte de la réserve gonflée, palpitante, prête à exploser. Il se recula légèrement sur le côté, arma son appareil photo et déclencha pile au moment opportun. « Vous n'avez pas été blessé ? », m'inquiétai-je. Il se contenta de me montrer la manche de sa chemise maculée de chocolat. Rien de grave, donc. « C'est un hasard, j'étais là au bon moment, voilà tout, déclara-t-il en se levant. Une source anonyme a appelé. Magalie n'était pas là, j'ai décroché, une voix m'a dit qu'il y avait des bruits suspects chez Praline, et je suis arrivé à temps, et voilà. » Je lui posai une main sur l'épaule et lui lançai : « Non, fiston, il ne s'agit ni de chance ni de coïncidence, il s'agit de l'instinct journalistique. »

« Ne devrais-je pas enquêter pour identifier la source ? », demanda-t-il. « Inutile de creuser plus profond quand vous avez trouvé le trésor, mon jeune ami », je lui répondis.

Bien entendu, l'affaire ne fit pas autant de bruit que la tentative d'exploration spatiale de Lucien Brignol, mais tout de même, grâce à l'incroyable photo d'Alfred, elle dépassa les limites de Doutreville et eut les honneurs de la fin de journal de France 3 Èvre-et-Maine. Avec une mention du *Matin de Belprat* à laquelle j'avais veillé. Le journal tripla ses ventes.

10 juillet 1995

« L'invasion des poissons-ballons ». Richard Détourel posa son journal sur la table de la terrasse du *Cheval blanc,* après avoir lu ce titre du *Matin de Belprat*. Un papier signé Alfred Langevin, un jeune homme que le garde champêtre aimait bien. Un reporter à l'affût, qui souvent l'interrogeait sur sa ronde quotidienne dans les rues de Belprat. Richard était la plupart du temps désolé de lui apprendre qu'il ne s'était rien passé de nouveau. C'est qu'il ne se passait jamais rien à Belprat, ce dont se félicitaient la plupart des habitants. Certains, même, s'installaient dans le coin précisément pour cette tranquillité. Ou cette paisibilité – mot trop peu usité, selon Richard Détourel qui était un lettré –, paisibilité ou tranquillité, donc, qui tendait à s'abîmer ces derniers temps. Il y avait eu cette explosion chez Praline, sur laquelle Richard enquêtait d'ailleurs officieusement, et puis une série d'autres étonnants faits divers, comme cette tentative agrico-spatiale. Ils avaient eu le mérite de donner un peu de relief au *Matin de Belprat*, à la grande joie d'Adémar Flanne. La moitié de Belprat s'était réabonnée au journal.

Cette nouvelle histoire allait encore faire le tour du monde, les hôtels de la région allaient être saturés de journalistes de la presse venus d'un peu partout.

Richard Détourel n'était pas du genre à croire à des coïncidences aussi extravagantes. Un ennui séculaire avait laissé la place à un festival du spectaculaire. Comme cette photo en une. Signée Alfred Langevin, elle aussi. On y voyait des poissons, effectivement, des carpes, des goujons, des perches, mais comme gonflés à l'hélium, des ballons d'un mètre de diamètre, pour certains, qui flottaient à une vingtaine de centimètres au-dessus de la rivière, poussés par un petit vent d'été. Sur un autre cliché, on voyait un amas de ces mêmes poissons stoppés par l'une des arches du pont de Belprat, juste devant la terrasse où était assis Richard Détourel ce matin.

Depuis la veille, il n'avait dormi que deux heures, il avait passé la soirée et une partie de la nuit à coordonner les équipes d'entretien de Belprat pour récupérer à l'épuisette ces poissons volants. Les employés de la mairie les avaient entassés dans la benne d'un camion de chantier préalablement bâché, pour éviter qu'ils ne s'envolent encore. La bâche se gonflait, elle aussi, à cause de la pression de ces « poissons-ballons » ; c'est ainsi que l'on avait fini par les nommer. Richard avait bien tenté d'en percer un pour qu'il se dégonfle, mais il était parti telle une fusée et avait giflé violemment plusieurs des employés avec des mouvements erratiques comme ceux d'un ballon de baudruche que l'on lâche d'un seul coup. Il en avait chargé deux dans son coffre et s'était occupé lui-même de leur transport à l'université de Doutreville pour analyse. Le poison avait été identifié rapidement, mais le phénomène de gonflement avait laissé dubitative Marie Lafrère, directrice de recherche. Jamais on n'avait vu ça. Pas dans la région en tout cas. Mais le Dr Lafrère avait pour principe de ne jamais s'avouer vaincue devant un fait inexplicable. Pas le genre à invoquer un phénomène ésotérique ou surnaturel. « Chaque effet provient d'une cause », avait-elle l'habitude de dire à ses élèves ou à qui voulait l'entendre. Diplômée de l'école Chimie-Paris, Marie Lafrère était justement originaire de Voilagnot, un minuscule village à quelques kilomètres de Belprat, connu pour son festival de musique contemporaine où elle s'était d'ailleurs produite à la fin de l'adolescence en tant que chanteuse d'un groupe de rock expérimental, avant d'être appelée par la science. Elle en fit donc une affaire personnelle, fronça les sourcils – ce qui lui donnait l'air fâché, mais ce n'était que de la concentration. Elle vêtit sa blouse blanche, et commanda à sa horde d'assistants béats d'admiration de quérir des tubes à essai, divers produits multicolores et son nécessaire à dissection. Ils se précipitèrent à son service et, après une nuit de travail intense, au petit matin, le Dr Lafrère avança une explication biologique, une hypothèse, une histoire de mélange de gaz dû à la nature du poison et des micro-organismes présents naturellement dans l'Èvre qui aurait créé une forme particulière d'hydrogène. Richard Détourel ne saisit pas tous les détails scientifiques, mais nota dans son carnet le nom du produit toxique à l'origine de ce phénomène : le permanate d'adossium. Cinq années plus tard, le Dr Marie Lafrère recevrait le prix Nobel pour le procédé qu'elle mit au point pour créer ce gaz nouveau et relancer du même coup la production de ballons dirigeables, bientôt renommés les « zeppelins baleines », comme un rappel de l'origine de cette découverte, même si aucun cétacé, bien entendu, ne fut gonflé d'une si cruelle manière.

Richard Détourel, pour l'instant, se demandait plutôt qui avait versé le permanate d'adossium dans la rivière. C'était un produit qui se trouvait souvent dans les usines, utile pour éviter la rouille des éléments ferreux des machines. Le garde champêtre ne perdit pas de temps. Il lui fallait résoudre cette affaire et les autres. C'était là la mission que

lui avait confiée le maire, Gautier Biron. Avec un brin d'emphase (qui lui était coutumière), comme un général d'armée qui demanderait à l'un de ses hommes de s'infiltrer dans les lignes ennemies au péril de sa vie, il avait demandé à Richard Détourel de bien vouloir mettre son sens de la déduction au service de la communauté. C'est que « la gendarmerie est débordée, vous comprenez, à l'approche de la Belprataise, il faut que tout soit sous contrôle, Détourel », avait-il expliqué.

Avant de remonter le cours d'eau à la recherche d'éventuelles traces, d'indices qu'auraient laissés le, la ou les coupables, Richard s'alluma une cigarette imaginaire et s'étira en arrière sur sa chaise en se frottant les sourcils pour chasser la fatigue. Il tira une fausse bouffée et l'expira avec délectation. Il avait arrêté cinq ans plus tôt de fumer, s'était sevré de la nicotine, mais le geste lui manquait tant qu'il avait décidé de le conserver, comme le soldat qui a perdu un bras sent encore la présence de ce membre fantôme. Il n'était pas rare de le voir sortir un paquet inexistant de sa poche, en tirer une cigarette impalpable, la porter à ses lèvres, chercher son briquet tout aussi imaginaire, en poussant le vice jusqu'à se tromper de poche, et l'allumer en mimant le geste, se protégeant du vent avec sa main courbée. Ensuite, il fumait pendant cinq, six minutes en tenant toujours la cigarette et, enfin, il l'éteignait convenablement. Au début, ses amis et les Belpratais en général s'était moqués un peu de lui, mais tout le monde avait fini par comprendre l'idée et personne n'y faisait plus attention. JD, le patron du *Cheval blanc*, posait même gentiment un cendrier sur la table.

La plupart des habitants appréciaient et nourrissaient une forme d'affection pour leur garde champêtre. Tout le monde connaissait son histoire et savait pourquoi il claudiquait. Il s'était blessé à la jambe droite à vingt-cinq ans et cet accident l'avait empêché de passer le concours de police. Alors le maire de l'époque l'avait aidé à devenir garde champêtre. À quarante-cinq ans, avec ses faux airs d'Harrison Ford, le même rictus ironique parfois, Richard Détourel connaissait la plupart des habitants et il avait ce quelque chose de rassurant qui émane de certaines personnalités sans que l'on puisse en expliquer la raison. Il faisait de son mieux à Belprat, il décochait volontiers un sourire, rendait les saluts, jouait le jeu des enfants qui tiraient pour de faux – il crispait sa main sur son cœur comme s'il était touché. Mais si l'on regardait bien, il traînait toujours avec lui, dans ses yeux et dans son attitude, une forme de lassitude ou de tristesse, pour certains. On se trompait, au demeurant. Il avait depuis longtemps accepté sa condition. C'était l'ennui qui accablait Richard. La moindre affaire un peu sérieuse tombait dans le giron des gendarmes ou de la police. Il était chargé, lui, de confondre le malotru qui avait sorti sa poubelle trop tôt et que les chats du quartier avaient éventrée. Il fouillait dans les détritus, cherchait une enveloppe avec le nom du propriétaire, sonnait, dressait un procès-verbal, ne sermonnait même pas. Et repartait pour sa ronde quotidienne. À lui aussi de signaler un banc abîmé, un marquage au sol effacé, des comportements suspects (il n'y en avait jamais).

Cette fois, c'était pour lui. Il se leva et prit sa canne – on murmurait qu'elle dissimulait une épée, et c'était vrai, Richard l'avait héritée de son arrière-arrière-arrière-arrière-arrière-arrière-grand-père, Guillaume Détourel, officier d'infanterie sous Louis XVI. Il avait fait forger tout exprès cette épée fine pour porter le fer aux Amériques et participer à la guerre d'Indépendance, où il s'était d'ailleurs illustré. L'arme s'était transmise de génération en génération. En 1870, Louis Détourel, son trisaïeul, mourut à Sedan, le pommeau à la main : la lame, elle, s'était détachée. On conserva les deux, mais le père de Richard, faute de nouvelle campagne à mener sabre au clair, avait demandé à un fabricant d'en faire une canne. Le souvenir familial n'avait plus aucune utilité pour personne jusqu'à ce que Richard en ait un jour cruellement besoin pour marcher. Mais il ne la sortait pratiquement jamais de son fourreau de hêtre, sinon pour embrocher un papier qui traînait là.

Il s'appuya dessus, donc, avec l'intention de remonter les méandres de la rivière qui serpentaient jusqu'à la « Roche-accrochée », un gros rocher plat, en bordure d'un sentier, accessible après avoir aplati quelques brassées d'orties et qui formait une sorte de belvédère naturel, au pied duquel coulait l'Èvre, cinquante mètres plus bas tout de même. Après s'être allumé une nouvelle cigarette invisible, il leva la tête et se tourna vers les employés de la mairie pour leur signaler d'un geste ce qui lui semblait être une carpe coincée dans la cime d'un châtaignier.

10 juillet 1995

Le quidam, parfois… On se demande. Comment peut-on rester planté derrière un peintre à son chevalet en train de saisir un paysage au pinceau ? On ne regarderait tout de même pas par-dessus l'épaule d'un écrivain-poète attablé à la terrasse d'un café, occupé à noircir son carnet de moleskine.

D'aucuns, avec une méconnaissance coupable, pourraient considérer qu'il ne s'agit pas là d'un art véritable, mais qu'y a-t-il de plus agaçant pour un pêcheur que d'entendre un promeneur lancer un trop attendu, enjoué et tonitruant « ça mord ? » ?

Thomas Tébert, courtier en automobile, Malouin d'origine et Belpratais d'adoption, avait longtemps répondu avec beaucoup de courtoisie, tout en intimant le silence à son interlocuteur par un geste du doigt vers l'Èvre, signifiant clairement que les poissons ne mordraient pas si l'écho de la voix d'un importun leur mettait la puce aux ouïes. Puis, las de se répéter, il s'était pendant quelque temps contenté de hausser les épaules ; mais souvent, le badaud pensait n'avoir pas été entendu et reposait sa question plus fort. Alors, il s'était résolu, tant pis, à toujours répliquer un « chuuuut » agacé à quiconque venait le déranger dans un instant qui apparaissait pourtant assez évidemment comme une affaire contemplative et solitaire – tapoterait-on l'épaule d'un yogi en pleine séance de méditation ? Sonnerait-on chez l'ermite ?

La vérité, c'est que Thomas Tébert ne pêchait pas pour hameçonner du poisson mais pour perdre son regard dans la rivière et laisser aux courants ses états d'âme, angoisses et polluants spirituels divers pour que l'eau les emporte loin, vers le fleuve, puis l'océan – on sait ces choses-là. Il s'adonnait donc ce jour-là à cette passion tranquille et ancestrale, l'air de rien, quand il entendit des pas et, fatalement, une voix dans son dos. « Thomas ? » « Chuuut », avait-il commencé de rétorquer, mais il s'arrêta au milieu de l'onomatopée en reconnaissant Richard, son ami.

— Pourquoi tu pêches, mon vieux ?

— Comment ça, pourquoi je pêche ? Je pêche pour laisser aux courants les angoisses, états d'âme et questions métaphysiques diverses sur l'existence humaine, je t'en ai déjà parlé, enfin !

— Pourquoi tu pêches aujourd'hui ? Tu n'as pas vu les poissons volants ?

Thomas fit un signe de tête à Richard tout en levant les yeux. Richard suivit le regard et vit une jolie perche flotter à quatre ou cinq mètres de hauteur, mais retenue par le fil invisible de Thomas.

— Elle a mordu juste au moment de gonfler, je n'ai pas eu le cœur de la redescendre, pour l'instant, je n'ai pas su quoi en penser ni quoi en faire.

— Je comprends, mon vieux. Tu as remarqué quelque chose d'inhabituel ? J'enquête, tel que tu me vois là.

— Si. J'ai remarqué un bidon renversé à trois cents mètres en amont, je l'ai vu en arrivant, j'ai cru qu'un type s'était débarrassé d'un baril usé, mais manifestement, il l'a plutôt vidé dans ma rivière, ce salopard.

— Ah oui, je ne m'attendais pas à un tel indice si vite. Merci, mon vieux. Je vais voir. Je te tiens au courant.

— Adieu.

Richard remonta la rivière vers l'endroit indiqué, il arriva vite sur le lieu du crime. Mais il reconnut là Claire Pan, du *Matin de Belprat*, debout à côté d'un bidon renversé.

Le père de Claire Pan, Vidoslav Pankiaweskinaskaroovski, avait quitté l'est de l'Europe pour la France à la fin des années soixante-dix pour des raisons politiques, avait raccourci son nom, et s'était établi comme professeur d'histoire à l'université de Doutreville. Il y avait rencontré une Belprataise, Jeanne Bénéteau, et s'était installé à La Pinède-sur-Èvre, à une dizaine de kilomètres de Belprat. Depuis, il était devenu horloger – il aimait la minutie de ce travail – et il avait monté un petit atelier au centre de Belprat. Par la vitrine, on pouvait le voir de profil, penché sur un mécanisme, l'œil dans une loupe, concentré. Leur fille, Claire, était née peu de temps après et avait suivi le parcours classique d'une enfant d'Èvre-et-Maine. Maternelle, école primaire, puis l'institution belprataise Gautier-Biron, du nom du maire de Belprat, élu un siècle plus tôt et dont l'arrière-arrière-petit-fils aîné portait le même nom, comme

Gautier Biron, le père de ce dernier, et Gautier Biron, le père de celui-là, et son père, Gautier Biron, fils du Gautier Biron qui avait donné son nom au collège-lycée qui accueillait la plupart des adolescents des alentours. Claire Pan se distinguait des autres jeunes de sa génération par une propension étonnante au bonheur, un rien l'amusait et elle goûtait n'importe quel plaisir minuscule avec un enthousiasme touchant. Un rayon de soleil sur son pupitre, un joli dessin sur la buée d'une vitre, tout la mettait en joie. Et depuis le jour où elle maîtrisait l'écriture, même approximativement, elle avait pris pour habitude de compiler toutes ces faveurs de la vie dans de petits carnets qui s'amoncelaient dans des boîtes, elles-mêmes rangées dans de plus volumineux cartons que Vidoslav montait au grenier en dépliant une petite échelle et en soulevant la trappe du faux plafond dans un grincement sonore qui faisait rire Claire et que donc, elle ne manquait pas d'archiver dans son nouveau carnet, ce qui faisait sourire Vidoslav sous son épaisse moustache, ce qu'elle notait aussi, ce qui rendait heureuse sa mère, ce qu'elle écrivait encore. Et ainsi de suite.

À ce même âge, chaque jour, au réveil, elle inscrivait dans son carnet le déguisement du jour, car c'était là sa plus grande joie : le travestissement. Elle pouvait s'affubler d'une panoplie complète : cow-girl, princesse, lion, monstre non identifié, sorcière, mauvaise fée, fée plus conventionnelle, pompière ou super-héroïne à cape. Mais parfois, elle se contentait d'une plume dans les cheveux pour jouer à l'Indienne ou d'un simple masque pour devenir Zorro. Mme Pan, sa mère, devait négocier, voire sévir, quand l'heure approchait, pour lui faire entendre raison et la convaincre de retirer son déguisement pour l'école. Vidoslav lissait sa moustache – c'était le geste qui calmait sa nervosité, et rien ne le rendait plus nerveux que de voir sa fille malheureuse – et disait à sa femme : « Laisse-la donc s'habiller comme elle veut ». Ce à quoi Jeanne Pan lui répondait, à raison, qu'elle suivait les directives scolaires du directeur et que ce n'était pas lui, Vidoslav, qui se ferait sermonner par l'institution et que, par ailleurs, c'était la laisser se singulariser et prendre le risque que leur fille devienne la tête de Turc de la cour de récréation, ce qui « le rendrait nerveux aussi, n'est-ce pas ? », le tançait-elle. Vidoslav lui donnait alors raison et proposait à sa fille de grimper sur son dos pour l'emmener jusqu'au car scolaire, ce qui avait pour effet de calmer Claire instantanément.

Claire avait donc le goût de l'uniforme et du costume, même si elle comprit en grandissant qu'il n'était pas possible de se déguiser en n'importe quelle circonstance. En revanche, elle sautait sur la moindre occasion. Quand elle s'inscrivit au programme d'athlétisme du collège Gautier-Biron, elle s'habilla comme une sportive des Jeux olympiques. Au stage d'équitation, elle était cavalière des bottes à la bombe. À chaque nouveau pays – ou région – qu'elle visitait avec ses parents, elle s'affublait du vêtement traditionnel. Lorsque vint l'heure de choisir son métier, elle hésita entre militaire, policière ou pilote de ligne, uniquement pour des raisons vestimentaires. Mais écoutant son père, elle admit que, peut-être, fallait-il qu'elle prenne en compte d'autres critères. Elle choisit ainsi le journalisme et les études correspondantes. À vingt-deux ans, elle fut engagée au *Matin de Belprat*, et depuis, il n'était pas rare de la voir porter une saharienne aux nombreuses poches et appareil photo en bandoulière, l'été ; un trench noué à la taille et un chapeau mou, l'hiver. C'étaient là ses tenues de journaliste. Personne n'y trouvait rien à redire, Claire Pan était désarmante de gentillesse et de beauté, et toute moquerie se serait écrasée d'elle-même avant d'atteindre sa cible.

10 juillet 1995

Claire s'était levée tôt ce matin et avait enfilé son gilet de reporter beige, multipoches, pour enquêter sur le mystère des poissons-ballons. Adémar Flanne l'avait chargée de prendre la suite d'Alfred qui avait été le premier sur les lieux, et qui avait dû veiller tard pour écrire son papier pour la publication du lendemain matin, c'est-à-dire aujourd'hui. Elle était partie du *Cheval blanc* et avait remonté la rivière sur trois kilomètres en se faisant la réflexion que, décidément, en trois ans de carrière, elle n'avait jamais couvert autant d'informations spectaculaires en si peu de temps. Elle écarta en passant un poisson-ballon qui avait quitté le lit de la rivière et flottait au-dessus du chemin – c'était à prévoir. Une nuée de poissons allait bientôt voleter dans les rues de Belprat. Il y avait eu la fusée de Lucien Brignol, l'explosion de la chocolaterie, et maintenant, ça. Des poissons volants... Quelque chose ne tournait pas rond dans ce coin de l'Èvre-et-Maine, « une sale affaire, c'était une sale affaire », maugréait-elle toute seule en imitant un Dick Tracy ou un Philip Marlowe, et touchant le bord de son chapeau. Elle avisa bientôt un tonneau renversé sur la berge. Elle prit une photo, et s'approcha. Son flair et elle remarquèrent deux indices : des empreintes de pas enfoncées dans la boue du chemin, un large sillon jusqu'au chemin de pierre un peu plus haut – sans doute le bidon qu'on avait traîné depuis le coffre d'une voiture (ou d'une camionnette), nota-t-elle dans son carnet. Puis elle vit une trace noire sur le bord du baril renversé, comme si on l'avait marqué au charbon. Elle tapotait la gomme de son crayon de bois contre son menton quand elle entendit héler son nom.

C'était Richard Détourel. Il avançait vers elle. Elle le connaissait bien et quand il arriva à sa hauteur, elle le salua et le pria dans un sourire de bien vouloir éteindre sa cigarette pour ne pas polluer la scène. Il tenait effectivement tendus son index et son majeur de la main droite. Il ricana et fit semblant d'effriter sa cigarette avant de ranger le mégot dans sa poche.

— Satisfaite ?

— C'est mieux, merci ! rit-elle.

— C'est le poison ? demanda-t-il en désignant le bidon d'un mouvement de tête.

— Ça en a tout l'air.

— Tiens, Claire, aide-moi, puisque tu es là.

Il lui tendit sa paire de gants de cuir et tira sur ses manches pour manipuler le bidon sans laisser d'empreintes. Claire l'aida à le faire rouler et la rotation dévoila une étiquette : « Charrues Socque ».

***

L'Affaire Alfred Langevin

Par Adémar Flanne,
directeur de la rédaction du *Matin de Belprat*

8

De tous les événements étranges qui ont émaillé cette affaire, celui des poissons-ballons fut sans doute le plus spectaculaire. C'est d'ailleurs celui qui ameuta le plus de journalistes. Ce n'est pas, cela dit, notre record de vente. Les chiens-moutons, peu après, remportent la médaille d'or si l'on ne prend en compte que les données financières. Allez savoir pourquoi. Définir ce qui déclenchera l'acte d'achat chez un lecteur reste une science complexe, et bien sûr, si nous autres directeurs avions une recette, les avanies économiques de nos bons vieux journaux ne seraient qu'une histoire ancienne. *Le Matin* a tenu bon, grâce à ces affaires providentielles, je n'ai pas honte de le dire. Je n'en nourris aucun scrupule parce que j'étais tout à fait ignorant de la fraude à l'œuvre. Et en ce qui concerne précisément l'affaire des poissons-ballons, personne, pas même le coupable de l'empoisonnement, n'aurait pu imaginer un tel phénomène. Sans doute voulait-il simplement tuer tous les poissons, le scélérat, ce qui déjà constituait un crime odieux – cela aurait tout de même attiré les curieux, mais dans une moindre mesure. Il n'a pas pu prévoir que ce fretin allait gonfler ainsi. Pour la science elle-même, ce fut une surprise. Il fallut une conjonction d'événements telle qu'on n'aurait pu l'inventer. Alfred était encore le premier sur les lieux. Je l'avais – coïncidence – envoyé ce même jour faire un reportage sur le niveau de l'Èvre qui baissait drastiquement année après année. Je soupçonnais les industries, en particulier les Charrues Socque, de pomper l'eau commune en toute illégalité pour refroidir leurs machines. Et tiens donc ! Claire Pan et Richard Détourel retrouvèrent le lendemain, à quelques kilomètres en amont, un tonneau de permanate d'adossium renversé sur la berge, étiqueté « Charrues Socque » ! Or, ce produit venait d'être incriminé par une scientifique de renom, chercheuse à Doutreville. On ne put établir avec certitude la complicité des Charrues Socque avec le responsable de cette détérioration environnementale, mais enfin, ils étaient bien les propriétaires de cette substance néfaste – au moins furent-ils coupables de négligence dans leur système de sécurité. Les barils étaient entreposés à l'arrière du bâtiment principal, dans une remise dont le cadenas ne tenait que par deux cavaliers de métal rivetés qu'il était aisé de faire sauter, ce dont le malotru ne s'était pas privé.

À toute chose malheur est bon, oserait-on. On ne peut nier que *Le Matin* reprit des couleurs financières et que les annonceurs, même les plus timides, s'étaient manifestés à nouveau. Il faut bien admettre que ces mauvaises nouvelles firent de bonnes pages. Et les affaires suivantes aussi.

Celle du feu d'artifice notamment. C'était un vendredi soir, il est facile de s'en souvenir. Le feu d'artifice a toujours lieu dans la nuit du vendredi qui suit le 14 juillet. Or, le 14 juillet 1995 tombait un vendredi. Quelle invention sublime – chinoise, me suis-je laissé dire – et qui ravit les Belprataises, Belpratais (et habitants alentour). La première fusée explose sur les coups de 23 heures, en général, quand la nuit devient suffisamment noire pour accueillir ces tableaux colorés et mirifiques. Mais un indélicat – le même, on le sait à présent – avait inondé les boîtes de fusées, si bien qu'elles firent toutes *pschitt*. Et la nuit demeura noire. Seul Alfred, opportunément présent avec son appareil photo, troublait les ténèbres de son flash. Et l'on vit les mines déconfites des Belprataises, Belpratais (et habitants alentour), déçus de ne pouvoir assister aux réjouissances habituelles. Francis et Sylvie Evafouègue, frère et sœur, issus d'une vieille famille d'artificiers[1], mouillèrent

1. Voilà la notice au sujet de la famille Evafouègue trouvée dans l'*Encyclopédie des personnalités notables, familles remarquables et héros de guerre de Belprat et alentour* (éditions Dicare) : Après une carrière militaire dans l'artillerie, le chimiste André-Pierre Evafouègue s'était reconverti dans l'organisation des cérémonies officielles. Grâce à ses connaissances en matière de canonnade et sa maîtrise des très dangereuses poudres noires,

encore leurs fusées, mais de leurs larmes. Jamais, même par grand vent, gros grain ou averse, en quatre cents ans d'existence, la société Evafouègue n'avait dû se résoudre à annuler un spectacle. C'est

---

il était chargé de faire donner le canon à plus ou moins forte intensité, avec un son plutôt sourd ou un vacarme explosif, au contraire, pour célébrer différents types de traités internationaux, certaines naissances aristocratiques ou royales. Il avait acquis, par le roi Henri IV lui-même, la charge de grand chambellan des fêtes, sauteries, cérémonies, réceptions, cortèges et vaisselles royales. Lassé des fêtes ordinaires, le roi donna l'ordre à André-Pierre Evafouègue de donner un spectacle inédit à l'occasion du baptême de son fils, Louis XIII, le 14 septembre 1606, six mois plus tard. « Surprenez-moi, surprenez le royaume de France. Et ne vous contentez pas de faire tonner ! », lui lâcha-t-il avant de le congédier. André-Pierre réfléchit, écarta les idées trop évidentes, ni théâtre, ni bouffonneries. Il pensa organiser un tournoi médiéval, avec des chevaliers qui s'affronteraient dans la lice, mais on lui fit remarquer que de tels événements avaient été interdits pour de bonnes raisons. Il chercha encore, n'en dormit plus. Son sommeil était d'autant plus difficile à trouver que son épouse, Mathilde, insomniaque elle aussi, faisait venir des comédiens de la troupe de son mari pour lui jouer, nuit après nuit, des saynètes écrites à la va-vite par un écrivaillon local et qui mettaient en scène la vie dissolue d'une certaine Grisella tentant de tuer la sœur de son beau-père pour toucher un héritage. Réveillé, André-Pierre Evafouègue repensait à ce jour, trente ans plus tôt, où il avait conquis son cœur. L'affaire n'était pas gagnée pourtant. André-Pierre était chargé de mesurer la poudre noire et de diriger les manœuvres d'artillerie qui permettaient de pilonner au mieux et le plus

ce qu'ils racontèrent dans *Le Matin*, pour lequel Alfred lui-même recueillit leurs propos.

---

efficacement possible le château du père de Mathilde, qui refusait de se soumettre au pouvoir royal. Or, hasard des affaires d'amour, André-Pierre avait participé un mois plus tôt à un bal où il avait fait la connaissance et était tombé éperdument amoureux de la fille du seigneur, Mathilde de Rolandour. Elle s'en était éprise aussi, mais les deux jeunes gens savaient cet amour impossible. La mort dans l'âme, Pierre-André Evafouègue boutait le feu inlassablement aux canons qui visaient sa dulcinée. Il modifiait les dosages de poudre pour abaisser la puissance de ses tirs et minimiser les risques de blesser Mathilde. Il faisait pivoter les canons pour s'assurer que sa tour ne serait pas touchée, mais suffisamment peu pour accuser le sort et ne pas être relevé de ses fonctions. Mais il savait qu'il risquait sa place et que les officiers lui demanderaient bientôt des comptes. Il serait chassé et un nouvel artilleur se chargerait de détruire le château. Après une nuit de réflexion – décidément –, il envoya cinq soldats sous ses ordres dans les champs alentour. Ils revinrent tenant des paniers pleins de fleurs, comme il leur avait ordonné. Evafouègue fit remplir les bouches des canons de ces pétales, cria « Feu ! » et le champ de bataille se transforma en une immense explosion florale qui ravit non seulement Mathilde, bien sûr, mais encore les soldats et les officiers. Le seigneur, charmé, baissa le pont-levis, un traité fut signé, et André-Pierre épousa Mathilde. Bien des années plus tard donc, Evafouègue s'endormit avec l'idée de reproduire le miracle, ce qui fut fait. Et Henri IV serra vigoureusement la main de son grand chambellan des fêtes. Et la famille Evafouègue devint une dynastie d'artificiers, dont la devise s'affichait maintenant comme un slogan sur les cartes de visite de la société : « Ne nous contentons pas de faire tonner ».

Raté. Cette fois, le sabotage ne dépassa pas les frontières de la région, seuls *La Gazette de Doutreville* (vous connaissez mon avis sur elle, le jour où ces jean-foutre rapporteront eux-mêmes une information, les poules dentées voleront en escadrille) et *Ouest-France* (mais un simple entrefilet) en rendirent compte. Raté donc pour ce faussaire, qui mit les bouchées doubles pour son prochain forfait, celui qui fit le plus de bruit hors des frontières de Belprat, d'Èvre-et-Maine, et même de France. L'affaire dite des « chiens-moutons », puis des extraterrestres, carrément... ça nous aurait manqué. Enfin, c'est aussi ce dernier mauvais coup qui l'aura mené à sa perte, comme on le sait.

9

Mais, dans le secret de nos cœurs, résident des affaires bien plus graves, des séismes beaucoup plus déstabilisants que les tourments du monde, mais qui n'émeuvent personne à part nous-mêmes. De la même manière, étrangement, la Terre ne s'arrête pas de tourner lorsque l'on perd un être cher. On n'en serait pas si surpris. Pourtant elle roule toujours, indifférente. On lui en voudrait presque. Comme le rappelait Ignace Lavalette : « La vie est un jeu. Ceux qui gagnent sont ceux qui connaissent et ont suivi les règles. » Avant d'ajouter, goguenard, après un court silence : « Ou ceux qui ont triché habilement. »

En voilà un, de tricheur, tenez : Christian Socque. Un soir, ma Rosaline, contrairement à son habitude, n'est pas montée dans la chambre après s'être acquittée des tâches qui lui incombaient en notre *domus familiaris*. Je n'ai pas eu le bonheur d'entendre ses pas faire grincer l'escalier puis crisser le parquet du palier du premier étage, avant le claquement sec de la porte de sa chambre, comme chaque soir. Non. Oh non. Ce soir-là, elle s'est assise à mes côtés. Je l'ai d'abord (délicatement) invitée à ne pas faire de bruit car le présentateur du Loto allait faire son office – je ne m'adonne pas aux jeux de hasard, mais j'aime à rêver de fortune en les regardant, à chacun ses vices.

Quoi qu'il en soit, je sentis, en l'entendant soupirer un peu fort et tout exprès, que l'heure était plus grave qu'il n'y paraissait. Je tournai la tête en sa direction et croisai son regard qui me fixait avec une intensité et une détermination que je ne lui avais jamais connues. J'eus à peine le temps de formuler une question, je n'avais pas encore levé les sourcils de surprise, qu'elle prit la parole : « Je pars », asséna-t-elle, sèche, lèvres pincées ensuite. « Où vas-tu ? demandai-je, benoîtement. À ta gym ? » « Non, je pars pour toujours. Avec Christian. » « Christian Califourche ? Le peintre ? » « Non, répondit-elle en roulant ses yeux. Christian Socque, le chef d'entreprise », encore plus pincée. « Mais comment ça, tu pars ? » relançai-je, incapable de comprendre la situation, trop abasourdi par ce que je n'osais comprendre. « Je te quitte, Adémar ! » hurla-t-elle.

Alors, comme un humain qui sait sa fin imminente et qui, dit-on, voit défiler sa vie – même si les seuls témoignages proviennent fatalement de survivants –, comme un quasi mort donc, je vis, net, le film de notre histoire se dérouler dans mon esprit. Ma demande en mariage quarante ans plus tôt, les vacances en bord de mer passées à St-Claude-Croix-de-Vie, le jour de la signature de la maison, nos parties de poker (les miennes avec mes amis réunis dans le salon, mais avec Rosaline qui nous apportait de quoi nous rafraîchir, nous la considérions comme un membre à part entière de notre cercle de jeu). Tout y passa. Sans doute ce moment ne dura que deux ou trois secondes, mais pour moi ce fut toute une vie qui s'était déroulée. Je bégayai une demande d'explication supplémentaire, mais elle avait, voyez-vous, bien préparé la chose. Cachée derrière le rideau de la salle à manger, sa valise toute prête. Elle s'en saisit, m'implorant de ne pas rendre les choses plus difficiles qu'elles n'étaient et elle s'en alla, en claquant la porte. Je me levai tout de même pour tenter de la convaincre de réfléchir et, ouvrant la porte derrière elle, je la vis déjà sur le trottoir de la rue, et monter à bord du cabriolet Saab de Christian Socque, qui, lui, me lança un regard satisfait avant de démarrer dans un vacarme de double débrayage. Et la messe fut dite. Ma Rosaline m'avait abandonné. Oh, je sais, chers lecteurs, que ces affaires personnelles ne vous concernent en rien, et j'espère ne pas vous avoir mis mal à l'aise. Mais j'ai voulu mentionner ce fait pour que vous puissiez comprendre mon trouble, mon état d'esprit quand l'affaire Alfred Langevin éclata. Je n'avais rien vu parce que j'étais aveuglé par le chagrin, voilà tout. Toutes les autres dimensions de ma vie et de mon travail m'échappaient totalement, il me faut bien l'admettre. J'ai manqué de vigilance, et vous en savez à présent la raison. Il ne s'agit pas de brandir cet état de fait en excuses de n'avoir pas découvert plus tôt le pot aux roses, mais enfin peut-être, si vous me l'autorisez, en circonstances atténuantes.

***

1er septembre 1995

La prochaine fois, elle fera moins de zèle, et tant pis pour le civisme, elle avait voulu rendre service à la communauté, s'acquitter de son devoir, bien mal lui en avait pris, se disait Geneviève Boussac en lâchant les rideaux fins en dentelle de la fenêtre de sa cuisine. Celle qui donnait sur le jardin. Seules survivantes du massacre : ces pensées violettes et bleues sur le radeau que constituait maintenant la jardinière pendue sur le rebord de cette même fenêtre. Le reste de son petit domaine si patiemment ordonné, chéri, fignolé, dorloté, choyé, bichonné – Geneviève venait de compulser le dictionnaire des synonymes pour rédiger convenablement sa lettre de réclamation à Gautier Biron, le maire –, tout le reste donc de ses plantations avait disparu. La police et les « techniciens scientifiques », comme ils s'étaient présentés à elle, avaient investi d'un seul coup sa maison et ravagé son jardin en piétinant, foulant, écrasant, pilant (elle espérait que M. le Maire comprendrait bien que tout avait été détruit par leur faute) sa pelouse, bêchant et retournant ses parterres. Des amas de fleurs arrachées formaient un grand tas végétal, une quasi-colline disgracieuse sur le trottoir, juste derrière sa palissade. Elle aurait giflé cet idiot de gendre quand il avait voulu la rassurer en proposant d'en racheter bientôt. En « racheter ». Proposerait-on à Léonard de Vinci, devant sa Joconde en feu, de lui « racheter » un peu de peinture ? Quel imbécile.

Richard Détourel, puisque c'est lui qui avait prévenu ses collègues des autorités compétentes, coordonnait les fouilles, à la demande du capitaine de gendarmerie Monceau. Il attendait Claire Pan à qui il avait aussi envoyé une alerte. Avec ses gants en latex, il saisissait un par un les os que l'équipe spécialisée déterrait au fur et à mesure. Tout était posé en vrac sur une table du petit garage dans le fond du jardin des Boussac, mais le légiste présent pouvait tout de même déjà annoncer qu'il s'agissait d'un homme d'un mètre quatre-vingts environ. C'était déjà ça. Les curieux commençaient à s'amonceler dans le petit lotissement. Des bouchons s'étaient formés pour la première fois de son histoire dans la petite rue des Fleurs, à Andrezaille. Des voisins et amis de voisins et amis d'amis de voisins prenaient tous les risques pour passer une tête par-dessus la palissade du jardin ou se ménager une place à la fenêtre des maisons mitoyennes pour assister au spectacle. Qui était mort ? Qui avait tué qui ? murmurait-on. Certaines hypothèses émergeaient déjà. « Ça date de la guerre », répétait sans fondement Roger Compagnon. « C'est un de ces voyous drogués de Doutreville », devinait Cécile Palambeau. Chaque nouveau badaud échafaudait une théorie supplémentaire. Au début, Richard avait bien tenté de disperser la foule. Rien à faire. L'attraction était trop forte. Un meurtre aux alentours de Belprat. Le premier. Incroyable ! Aucun doute. Ce n'était pas un vestige d'on ne sait quelle relique médiévale ou d'un disparu de la Révolution, qui avait fait beaucoup de victimes dans la région. Impossible, on savait par les voisins que le jardin avait été retourné par la société Végét'al, le paysagiste, quelques mois plus tôt. Les habitants hésitaient entre la terreur et l'excitation. Les apéros ne bruisseraient que de ça pendant les cinq ans à venir. Au bas mot. Et c'était là un simple commencement. Parce qu'enfin, on allait bien vite identifier la victime, puis le coupable évidemment. Enfin, il y aurait un procès.

Richard Détourel s'assit sur un tabouret à côté de la table, alluma l'une de ses prétendues cigarettes, souffla longuement un air pur, reprit une taffe en réfléchissant. Il fut interrompu dans sa méditation par une dispute de l'autre côté du jardin. Claire Pan, qui tentait de se frayer un chemin jusqu'à lui, était retenue par un gardien de la paix.

Richard le héla et lui indiqua de la laisser passer puis fit part à Claire des questions qu'il était en train de faire tourner dans sa tête en l'attendant.

— Regarde, c'est étonnant.

Richard prit un os avec sa main gantée.

— Tu vois ça ?

Claire, sans y toucher, approcha son nez du cubitus et remarqua une perforation à chaque extrémité de l'os.

— Et c'est sur tous les os. On a affaire à un maniaque, Claire. Il a percé le squelette, morceau par morceau. On ne sait pas encore, d'ailleurs, s'il a fait ça sur le corps vivant, mort, ou une fois… enfin, tu vois.

— Mais pour quoi faire, enfin ? Tu penses que c'est Alfred ?

— Le coupable ou lui, la victime ?

— L'un ou l'autre.

— Aucune idée. Mais enfin, Alfred a disparu depuis plus de dix jours maintenant. C'est peut-être une simple coïncidence, certes, mais c'est étrange. Et c'est quoi, ces petits trous, enfin ?

30 juillet 1995

La morale de l'histoire ? Quelle pourrait bien être la morale ? Le message ? Comment lier cette fable, cet apologue – ou bien était-ce juste une blague, d'ailleurs ? Christian Socque avait la faculté de se poser ce genre de question en même temps qu'il tenait un discours devant la totalité des salariés, avec à la main le micro filaire branché à l'enceinte du grand hall de l'usine « Charrues Socque ». Il avait voulu commencer son discours galvanisant par cette petite histoire pleine de sagesse glanée dans son dernier séminaire de management du domaine agricole. Un conférencier la leur avait racontée et elle avait fait forte impression sur Christian. Mais impossible de se souvenir là où il voulait en venir, quel sens il lui avait donné. Le moment était grave, il arrivait à la chute et se concentra dessus, sans la moindre idée de ce qu'il dirait ensuite.

Ses employés, lassés, attendaient qu'il en finisse. Et se fichaient bien d'une quelconque morale à cette histoire. Ils regardaient leur patron avec des sourires contrits et polis le temps que ça se termine. À leur décharge, écouter Christian Socque s'avérait désagréable. Son élocution trébuchait toutes les deux phrases sur un tic de langage agaçant, de sempiternels « donc » rarement placés au bon endroit, et flanqués, parfois, d'un « voyez » ou d'un « comme ça » parfaitement superflus.

« Laissez-moi donc d'abord vous raconter donc cette histoire donc que j'ai apprise récemment donc, voyez », avait-il commencé, son verre de gros-plant à la main. « Alors, donc, c'est un homme, donc, qui donc, un jour, enfin un soir, donc, dans la nuit, même, donc, voyez, est un peu éméché. Il rentre chez lui, donc, et il fait nuit, donc, voyez. Il remonte donc une avenue, donc, avec des lampadaires, comme ça, donc, voyez, donc. Il rentre chez lui. Mais donc, arrivé devant sa porte, comme ça, voyez, il cherche ses clés. Et alors, donc, il ne les trouve pas, donc. Et c'est alors donc qu'il se dit, voyez, comme ça, qu'il a entendu un bruit en remontant l'avenue donc. Alors donc, il y retourne donc. Et il se met à chercher par terre, donc, sur le trottoir, voyez, à la lumière du lampadaire, donc. Un autre homme arrive donc, un peu après donc. Et il lui demande : qu'est-ce que vous cherchez ? il lui demande. Donc. Alors donc, l'autre, il répond donc qu'il cherche ses clés donc, parce qu'il les a perdues un peu plus loin… »

Christian Socque marqua à cet instant une courte pause, pas trop longue pour ne pas casser le rythme, mais suffisante pour s'assurer de la chute.

« Un peu plus loin ? Mais alors, donc, pourquoi vous les cherchez ici et pas là-bas, donc, il demande. Ah… Bah c'est parce que là-bas, donc, y a pas de lumière, donc, voyez ! »

Il entendit quelques rires qui le rassurèrent. Puis il s'en sortit avec un : « voilà donc pourquoi je vous demande de toujours chercher donc les solutions plutôt donc, là où vous pouvez donc les trouver, voyez. » Joachim Duplis, le syndicaliste, lança un applaudissement, moins par admiration que pour qu'on en finisse avec ce discours pénible. On trinqua. Et tout le monde s'égaya.

« Allez, bon week-end ! » lança Christian au grand soulagement de ses collaborateurs. Et il monta dans son bureau où l'attendait Rosaline Flanne qui s'était introduite dans la pièce par la porte de derrière, et dont elle avait la clé depuis longtemps, pour attendre son amant.

Elle l'accueillit d'un : « Il refuse le divorce, ce con. Il a décidé de m'emmerder. »

31 juillet 1995

Diriger une institution telle que le collège-lycée (et lycée technique rattaché) Gautier-Biron n'allait pas sans quelques turpitudes, certes, mais pas non plus sans certains avantages. Dominique Démeau, le directeur, en convenait volontiers. Privilèges parmi lesquels figurait en premier lieu une forme de respect, une place au sein des notables de Belprat. À cinquante-deux ans, Dominique Démeau tenait son rang en portant chaque jour une cravate sur un costume gris anthracite, élégant sans être ostentatoire. « Je me vois comme un berger, mon cher Stanislas, voyez-vous. Je ne suis pas comme certains de mes confrères de Doutreville et d'ailleurs, qui n'obtiennent le calme qu'en inspirant la terreur ou par la domination. J'aime à penser que mes petits élèves et mes amis les professeurs, y compris M. Frédéric Desforêts, me retournent simplement la politesse. » Le directeur, lorsqu'il parlait de ses professeurs, soulignait toujours la singularité du professeur de philosophie, Frédéric Desforêts, qui s'obstinait à porter lui aussi une cravate et un costume, ce qui agaçait un peu Dominique Démeau. Il y détectait une forme de rébellion, une provocation, une insoumission même. Déjà que Desforêts frisait sa moustache et garait devant le lycée son coupé cabriolet Peugeot 205 Roland Garros dans lequel il grimpait d'un saut plutôt que d'ouvrir la portière… « Cela crée trop de familiarité, comprenez-vous, mon cher Stanislas ? Ceci n'a rien de personnel, mais la science éducative s'articule en des engrenages complexes, et le corps professoral se doit de donner l'exemple et de tenir son rôle. Ce n'est pas son cas, voilà tout ce que je dis. Inutile d'y voir une querelle qui n'existe pas. »

Mais Stanislas Lamartine, le libraire de Belprat, rue Saint-Claude, juste en face du journal *Le Matin de Belprat*, ne l'écoutait qu'à peine. D'habitude, la compagnie de M. Démeau ne lui était pas désagréable (d'autant qu'il venait la plupart du temps valider les commandes de livres scolaires et s'enquérir des nouveautés qui concernaient l'histoire de Belprat), mais il avait bien autre chose à penser cet après-midi-là.

À 9 heures, comme tous les matins, il avait ouvert La Virgule, sa librairie, en déverrouillant le rideau de fer de la vitrine. Mais au grincement que fit celui-ci, il sentit une légère dissonance, un frottement inhabituel, à peine perceptible. Il comprit vite que les barres de fer avaient été forcées puis redressées. Il faillit s'évanouir devant le spectacle affligeant qu'il découvrit, effaré, en ouvrant la porte.

Stanislas Lamartine était né libraire. À la maternité, le pédiatre avait eu du mal à détacher ses mains agrippées au carnet de santé. Dans son landau, il classait déjà ses livres d'images sur la tranche. Puis dans sa chambre de petit garçon, il avait demandé à son père, fier pourtant de sa tapisserie, de recouvrir les quatre murs de bibliothèques. Ici, les histoires de loups, les contes divers par là. À l'adolescence, il réorganisa le stock et s'approvisionna en romans, fabriqua lui-même un escabeau de bois pour accéder aux rayonnages les plus élevés. Il tenta différents types de classements, par éditeur, par genre, par ordre alphabétique dans ces catégories. Souvent, quand il recevait un camarade de classe, il se bandait les yeux, lui demandait de donner un titre et, sans se départir de son bandeau, il avançait à tâtons, suivait de la main les tranches de livres et s'arrêtait toujours exactement au bon volume. Il retirait alors le tissu, et triomphait devant un spectateur ébaubi, coi, et un peu désappointé d'apprendre à son ami que ce don-là, si impressionnant soit-il, ne correspondait à aucun pouvoir de super-héros identifié. Sa tante un jour, à qui il venait de montrer le numéro, lui conseilla de devenir libraire. Ce qu'il fit.

On comprend mieux alors son émoi quand il vit, ce 31 juillet 1995, en entrant dans sa boutique tous ses livres sortis de leur rayonnage, ouverts et mutilés. *Madame Bovary* gisait là, une page arrachée. Idem pour *La Recherche, Les Mousquetaires.* Et *Belprat à travers les âges,* un beau livre. *L'Èvre en kayak, L'Èvre-et-Maine, terre de mystères, Les Pérégrinations d'un aristocrate de l'Ouest. Ma vie en train* de Vincent-Eudes Line. À terre. Tous. Et dans chacun, on avait déchiré une page. Mais aucune trace de feuille volante. Le vandale et voleur (« les », peut-être) s'était enfui avec toutes ces pages manquantes. Stanislas vérifia la caisse. Intacte. Il contacta la gendarmerie, qui ne semblait pas pressée d'intervenir. Alors, il appela Richard Détourel.

Richard fut là dans les dix minutes mais Alfred Langevin était déjà sur les lieux. Juste avant d'arriver à la rédaction du *Matin,* il était passé devant La Virgule et avait vu Stan à genoux au milieu de ses livres ouverts. Le journaliste lui fit part d'une première observation : c'était toujours le même numéro de page qui était arraché. La page 49.

— Pourquoi 49 ?, se demanda Richard à haute voix.

— Le département d'Èvre-et-Maine, tout simplement, proposa Alfred.

— Peut-être. Mais à quoi bon arracher ces pages ?

— Aucune idée. Mais si vous permettez, je vais prendre quelques photos.

Et il joignit le geste à la parole. Il fouilla encore ici et là, interviewa rapidement Stanislas et s'apprêtait à quitter La Virgule quand Richard l'interpella.

— Dites, Alfred, vous ne trouvez pas que la loi des séries prend des proportions inattendues ? Et on vous trouve toujours là pour couvrir l'événement.

Alfred pâlit et répondit :

— Je sais, Richard, j'en suis le premier étonné. Mais je ne fais que mon travail.

Quelques heures plus tard, en fin d'après-midi, après avoir discouru pendant de trop longues minutes au sujet de sa conception de l'enseignement, le directeur du collège-lycée (et lycée technique rattaché) de Belprat s'arrêta au milieu d'une phrase. Sans détacher ses yeux de la rue Saint-Claude qu'il voyait à travers la vitrine, il tapota sur l'épaule de Stan, occupé à ranger ses livres désormais invendables. Le libraire se retourna et découvrit une ribambelle de chiens de tailles différentes, se suivant les uns les autres, en ordre, sans aboiements, jappements ou courses. Hypnotisés, les dizaines de chiens trottinaient en ligne dans la même direction. Quand Dominique Démeau et Stanislas Lamartine sortirent sur le palier, ils ne purent voir le premier de la file ni le dernier. Et tous les habitants de la rue Saint-Claude assistaient au même spectacle.

L'Affaire Alfred Langevin

Par Adémar Flanne,
directeur de la rédaction du *Matin de Belprat*

10

Heureusement, la passion professionnelle qui m'anime et la conscience du devoir m'ont permis de m'éloigner quelque peu de ces déceptions humaines. La trahison de Rosaline ne m'a pas empêché d'être à mon poste de vigie du monde de Belprat (et alentour). J'avais repris d'ailleurs le contrôle sur cette affaire en refusant ses velléités de divorce. Je n'avais pas l'intention de laisser le loisir à ces deux scélérats de convoler tranquilles.

Mais enfin, revenons-en aux faits qui ont conduit à l'élaboration de ce livre. C'est au moment de l'affaire dite des « pages 49 » que j'ai commencé à me douter de quelque chose. Le même jour, d'ailleurs, que l'affaire dite des « chiens-moutons », trois semaines avant la disparition d'Alfred Langevin.

J'étais arrivé tôt ce jour-là à la rédaction. J'aime être le premier sur le pont, comme l'amiral qui goûte au parfum des embruns avant de relever l'officier de quart. Je me dirigeai vers la cafetière de la table de conférence de rédaction, juste derrière le bureau d'accueil de Magalie. J'avisai alors une feuille au bord déchiré qui traînait par terre. Or, comme pour mes journalistes dans leurs papiers, je n'admets pas de désordre. Je me baissai pour la ramasser et la jeter dans la corbeille à papier.

Ce n'est qu'après avoir eu connaissance du forfait perpétré chez le libraire que je compris. C'était l'une des pages ! Aurait-elle voleté depuis la librairie, juste en face de la rédaction ? Il devait être 17 heures quand je fis le lien, et mon esprit allait commencer d'entrevoir la solution de toute cette lamentable affaire quand ce même esprit fut distrait par le brouhaha suscité par la farandole de chiens qui descendaient la rue Saint-Claude. Et j'oubliai à nouveau pour quelque temps cette page. L'urgence restait à l'information. Je sortis et je vis cette singulière procession. On ne l'apprendrait que plus tard, mais le cortège se composait de trois mille quatre cent huit chiens, venus de Belprat et alentour. Une file indienne continue de quatre kilomètres ! Je revois Mme Bieau penchée tout en marchant à la hauteur de Mamour, son pomeranian. En vain, elle essayait de le ramener à la raison. Elle le suppliait, lui donnait tout à trac la somme de ses petits noms habituels. Elle avait essayé déjà, bien sûr – et plusieurs fois – de le saisir d'un seul coup, par surprise, pour l'arracher à cette folie. Mais impossible. Mamour la mordait jusqu'au sang, lui qui jamais n'avait osé porter la gueule sur sa maîtresse. On la voyait joindre ses deux mains ensanglantées pour former une prière. Guillaume Delépau tentait d'attirer Nelson, son basset, en agitant de beaux morceaux de viande rouge devant sa truffe. Nelson hésita un instant. Et renonça. L'attraction était trop forte. J'appelai mes journalistes pour suivre cet étrange défilé canin. Mais je voyais déjà Alfred mitrailler le cortège, tandis que Jean Gache disparaissait au coin de la rue Saint-Claude à la poursuite des animaux. Bientôt, on vit la quasi-totalité de la population de Belprat assister au cortège. D'autres chiens continuaient d'affluer et rejoignaient la file, à la suite. On les suivait, résignés. Il y avait maintenant plus d'humains que d'animaux. Le chef de la petite troupe s'appelait Opium, un grand et beau berger allemand, d'habitude si joueur et joyeux mais qui donnait à cet instant l'impression de partir à la guerre. Inflexible, le regard dur, Opium avançait, emmenant le reste de ses compagnons. J'avais réussi à remonter la file, juché sur la mobylette de Marcel Santroi, qui, me voyant courir au-delà de ce qu'autorisaient mes forces, m'avait proposé son porte-bagage. Opium avait dépassé les limites de Belprat et s'engageait sur les petites routes et les sentiers de la campagne belprataise. On crut d'abord qu'ils se dirigeaient vers le moulin de la Mézière, mais non. À la ferme Batardière, peut-être ? Non plus. Au dernier moment, Opium prit le chemin de gauche. La Guènetière était en vue, alors on les devança. Le même revirement de situation eut toutefois lieu et les chiens se dirigeaient à présent vers la Roche-accrochée. La panique gagna les rangs. Le promontoire rocheux dominait les fermes et les champs, il était accessible depuis un sentier, s'avançait à une cinquantaine de mètres au-dessus de l'Èvre en contrebas et dessinait la limite du champ de Lucien Brignol. Moi-même, je me sentis défaillir, je perdis – chose rare – mon sang-froid légendaire de meneur d'hommes. Je hurlai que les chiens couraient tous à la mort, vers une chute fatale. Certains hommes essayèrent en catastrophe de jeter des branches en travers de leur route, mais Opium sautait allègrement au-dessus ou contournait l'obstacle. Imité par ses congénères. Quand Opium tomba, je l'avoue, malgré mon rôle d'observateur et de témoin du monde, je fermai les yeux, incapable d'assister à cette horrible fin. Tous les autres suivaient et chutaient un à un sous les flashs indécents d'Alfred qui immortalisait ces passages successifs de vie à trépas. Claire Pan, elle, s'était approchée du bord et se penchait un peu pour constater les dégâts. Avant de s'exclamer : « Ils sont vivants ! »

***

31 juillet 1995

Attablés à la terrasse du Cheval blanc, Claire Pan et Richard Détourel échangeaient leurs conclusions. Ils avaient décidé d'enquêter chacun de leur côté et de partager ensuite leurs indices et intuitions.

C'était une idée de Richard. Claire et lui se connaissaient depuis longtemps. Il avait aidé Vidoslav lors de son installation à Belprat. Des histoires de voisinage inintéressantes, mais l'aide de Richard avait été précieuse et avait scellé leur amitié. Si les parents de Claire lui avaient choisi un parrain, Richard aurait sans aucun doute été sollicité, mais ils avaient décidé de ne pas lui en donner. Claire aimait beaucoup Richard. Entre ses douze et quatorze ans, elle enfilait sa panoplie de Sherlock Holmes, un grand manteau, une pipe courbe et son deerstalker, la casquette à double visière, et elle accompagnait Richard durant sa tournée. Elle sortait parfois une loupe trop large et collait son œil dessus pour observer une griffure sur une boîte aux lettres ou ce qu'il restait d'un pauvre moineau tombé d'un arbre. Elle examinait le cadavre et lançait un regard soupçonneux au chat d'en face juché sur son muret (et parfaitement innocent du crime dont elle avait l'air de l'accuser). Richard la laissait faire et lui donnait quelques astuces d'enquêteur.

Une douzaine d'années plus tard, Claire ne jouait plus, elle travaillait, mais Richard savait que c'était, pour elle, à peu près la même chose et que la perspicacité doublée de la détermination de sa jeune amie pourrait lui être bien utile.

Richard but une gorgée de Picon bière. Et en reposant son verre, il récapitula :

— La loi des séries, je veux bien. Mais je me suis renseigné. Rapportée au nombre d'habitants, la concentration d'événements inhabituels dépasse largement les statistiques admises en la matière.

— C'est-à-dire ?

— C'est-à-dire que, ne me demande pas comment ni pourquoi, mais que depuis que l'humain fomente des coups bas, depuis en tout cas qu'on les raconte et les comptabilise, on constate, enfin la science constate que, si l'on prend en compte un grand nombre de phénomènes, les faits divers, meurtres, événements notables et autres apparitions de poissons-ballons se répartissent équitablement sur un territoire donné. Et on dirait que Belprat a consommé son lot d'histoires extraordinaires d'un seul coup, en quelques semaines. Un agriculteur-astronaute, un torrent de chocolat, des poissons empoisonnés et gonflés à l'hydrogène, des feux d'artifice qui n'explosent pas. Et maintenant toutes les pages 49 arrachées chez ce pauvre Stan. C'est bien trop pour un seul village en si peu de temps. C'est statistiquement impossible, si tu préfères.

— Ça, d'accord. Mais alors, quoi ? Qu'est-ce que t'en conclus ?

— J'en conclus que tous ces forfaits sont perpétrés par une seule et même personne.

— Mais la fusée de Brignol… c'est Brignol.

— Oui, à part la fusée de Brignol. D'accord. Mais le reste : le même coupable.

Il tapota la cendre de sa cigarette invisible et expira sa fausse fumée pour appuyer son propos.

— Mais à quoi bon ? Pour quoi faire ? Personne n'a rien volé chez Praline. Quel profit tirer des pages 49 ou de l'empoisonnement des poissons ? Aucun intérêt, nota Claire.

— Aucun. C'est vrai. Juste histoire d'attirer l'attention, peut-être ?

— Attirer l'attention sans signer son méfait ?

Claire sortit un carnet de sa saharienne pour noter quelques éléments de cette conversation. Elle prit un de ses nombreux stylos dans sa poche à stylos. Elle allait commencer à écrire mais sa main resta suspendue en l'air. Richard la regarda, puis se retourna pour savoir ce qui l'avait pétrifiée. Il vit la longue file de chiens passer devant la terrasse. Claire répondit au signe de ralliement d'Adémar Flanne bringuebalé à l'arrière d'une mobylette tenant fermement son conducteur par la taille. Elle se leva et courut après la foule.

21 mars 1992

Ernest Raymond Beaumont Gantt. Au Aloha Fantasy Club de Bruxelles, Aline Bonaventure pensait à l'histoire de cet homme en triturant une ombrelle à cocktail rose plantée dans une rondelle de citron. Elle venait enfin de remettre tous ces noms dans l'ordre. C'était un ancien bootlegger de la prohibition aux États-Unis, qui, quand se servir un verre de scotch redevint aussi banal que de s'envoyer une lampée de lait et qu'Eliot Ness lui-même s'en alla boire une bière, décida de se lancer dans le débit de boissons légal et inventa un concept de bar inspiré de la culture hawaïenne. Il fit fortune grâce à son idée et aux vedettes de Hollywood qui fréquentaient ses établissements. C'est ce même homme qui inventa l'ombrelle à cocktail : un cure-dent pour le pied du mini-parasol et du papier de riz ou de soie pour la toile. On la planta au-dessus des verres pour leur donner un air de vacances sous les tropiques mais aussi, dit-on, pour faire un peu d'ombre aux glaçons.

Aline se cachait derrière sa paille en aspirant le fond de son verre vide pour la cinquième fois dans un bruit de défaite, celui de la glace pilée à demi fondue. Dans le brouhaha insupportable d'une soirée festive, elle se souvenait, oui, à cause de cette ombrelle plantée dans sa demi-tranche de citron, que l'un des derniers soupirants auquel elle avait donné une chance l'avait saoulée de mauvaise vodka et d'anecdotes historiques. Elle ne se donnait même plus la peine, il fallait bien l'avouer, d'alimenter la conversation et ne se formalisait plus des silences, elle les cherchait même et observait la réaction de son interlocuteur. À l'occasion du septième blanc conversationnel, ce type, dont elle avait oublié le nom, avait saisi l'ombrelle pour commencer à lui raconter cette histoire, qui l'avait plutôt intéressée. Alors, elle avait levé un sourcil, et lui avait concédé un instant d'attention. Mais fatiguée, elle était rentrée chez elle seule, en repensant à cette anecdote amusante et en ricanant à l'arrière du taxi qui l'avait ramenée chez elle. « Qu'est-ce qui vous fait rire comme ça ? », avait demandé le chauffeur. Et à cet instant, en constatant que même pouffer sans avoir à se justifier lui était interdit, elle avait commencé à penser qu'il lui fallait trouver le moyen de s'échapper du monde. Une fois pour toutes.

L'idée avait tournoyé dans son cerveau, et un peu plus chaque jour.

Une semaine plus tard, au milieu de la nuit, au Aloha Fantasy Club, elle cassa l'ombrelle à cocktail entre ses doigts, et prit sa décision.

La quête de la solitude ultime nécessiterait beaucoup d'argent, pensa Aline Bonaventure. Elle n'en manquait pas. Elle était à la tête d'une entreprise prospère.

Elle avait créé son premier modem dans le garage de ses parents à Uccle, au début des années quatre-vingt. Depuis qu'elle avait démonté ses consoles de jeux et démoli l'ordinateur IBM de son père par curiosité scientifique juvénile, Aline s'était prise de passion pour l'électronique. Dès ses quatorze ans, elle avait compris l'intérêt de se lancer sur le terrain des télécommunications. Les pelouses du voisinage faisaient la fierté du quartier grâce à Aline, qui proposait ses services pour amasser quelques francs belges, et quand elle déballait ses cadeaux de Noël, on n'y trouvait que des fers à souder et des circuits imprimés de différentes sortes.

Son modem maison, fabriqué à l'âge de dix-sept ans, coûtait cinq fois moins cher que les premiers appareils lancés par les grandes marques de l'époque. Mais d'aussi bonne qualité et aussi bon marché soit-il, personne n'en connaissait l'existence. Alors, elle peignit des façades, des barrières et des portails, tailla des haies, lava des voitures et s'offrit une pleine page de publicité dans *Ordi Mag*, la référence informatique de l'époque. Les demandes dépassèrent l'offre trop rapidement, et Aline coula presque sous le poids de son succès fulgurant. Mais – c'est une autre histoire – elle réussit à surmonter cette première difficulté et à dix-neuf ans, elle faisait la une du *Time* et se hissait à la douzième place des plus grandes fortunes du Benelux.

Avec l'argent vinrent les fêtes, les faux amis et les ennuis. Aline s'enivra dans les soirées festives. Ses années de lycée avaient été dénuées de copines, de garçons et de premières cuites. Elle n'en avait pas cherché, attachée à ses fils de cuivre et ses volutes d'étain fondu, la tête penchée sur des systèmes électroniques complexes. Mais la passion l'avait un peu quittée et elle compensait cet oubli. Elle ne dormait plus, passait de longues soirées à pérorer sur le système internet mondial naissant, la révolution numérique. Elle riait fort, elle donnait des bourrades dans les côtes, remportait des duels de shots. Elle avait bâti un immeuble dans lequel elle logeait ses collaborateurs fidèles et ses amis. Chacun son appartement, mais toutes les portes ouvertes. Il n'était pas rare que l'on retrouve au matin, dans son immense salon, une dizaine de corps allongés et parfois même enchevêtrés sur les moquettes et les canapés. Elle reconnaissait la plupart, s'enquérait du nom des autres en leur offrant un café sur le bar de sa cuisine ouverte. Wilfried, son chauffeur bavard, l'accompagnait au siège de sa société, où elle passait de réunion en réunion pour écouter ou donner un avis. Pause. Discussion légère avec sa secrétaire, Mafalda. Puis déjeuner, pour une douzaine le plus souvent. Et l'après-midi encore, et le soir à nouveau. Elle parlait, parlait, parlait.

Un matin, elle se réveilla avec une douleur à la gorge. Les cordes vocales criaient leur douleur, mais en silence pour une fois. Son médecin préconisa trois jours d'interdiction absolue d'ouvrir la bouche pour une autre raison que de manger ou respirer. Elle accepta et ses cordes vocales se rétablirent. Et les discussions reprirent. Mais la vacuité des péroraisons incessantes la frappa avec plus d'acuité encore, maintenant qu'elle avait connu le silence. Elle ne pouvait plus supporter ce vacarme sans fin, les contrariétés sociales, les conventions absurdes, les manières, les hypocrisies et faux-semblants, les médisances, les autres.

Six mois plus tard, donc, en quittant le Aloha Fantasy Club, elle lança les procédures de vente immédiate de sa société et de tous ses biens. Elle appela une entreprise spécialisée dans ce genre de caprices. « La riche femme d'affaires veut vivre loin du bruit et du monde, elle ne veut plus prononcer une parole. On a ce qu'il vous faut ! » Et ils l'envoyèrent sur une île déserte moyennant une somme indécente pour vivre sous un abri de fortune en feuilles de bananier, cuisinant ce qu'elle parvenait à chasser, pêcher ou cueillir, grâce à un feu faiblard qu'elle alimentait à peine. Les débuts sur l'île furent fatigants mais salutaires. Elle s'autorisa à parler au bout de quatre jours simplement pour s'assurer qu'elle savait encore le faire. « Aaaah. Euuuuuh. Hey ! Hey ! » Ce fut tout. Un soir, elle entendit un bruit inquiétant provenant de la forêt, des pas qu'elle n'identifiait pas, qui ne correspondaient à aucun animal connu. Elle scrutait la nuit, tentant de percevoir la moindre forme hostile, elle se tenait prête à se défendre et à vendre chèrement sa peau. Mais soudain c'est une lumière vive qui l'aveugla. Un flash. Puis un autre et encore un. Puis on entendit le vacarme assourdissant des pales d'un hélicoptère. Une armée de reporters avaient débarqué sur l'île, par les airs et la mer, pour obtenir le témoignage de celle que l'on appelait « la naufragée volontaire », « la riche exilée », ou encore « l'aventurière de la solitude ». Chaque journal l'affublait d'un sobriquet différent.

Elle fuit encore. Réfléchit. Tenta l'Everest. Mais cette fois, elle tomba, non pas du sommet, mais sur une horde d'alpinistes amateurs en « quête de sens », qui parlaient à tort et à travers, à longueur de marche, des bienfaits de la solitude et du retour à soi. Elle bifurqua de nouveau. Elle engloutit une partie de sa fortune pour rejoindre la station Mir en toute discrétion, ce qui fit d'elle la première touriste spatiale officieuse. Mais ce fut pire que tout. Elle devait faire un rapport quotidien aux équipes terrestres et partager une chambre avec un cosmonaute russe et un astronaute américain. Elle redescendit.

Elle essaya la randonnée classique, entreprit le chemin de Stevenson, la traversée du Gévaudan et des Cévennes. Mais chaque matin, elle croisait un randonneur ou une randonneuse venue « partager des moments » et « faire des rencontres enrichissantes ». Impossibles à semer. Chaque soir, quand elle cherchait un instant de solitude à la terrasse d'une auberge, on la sommait de s'asseoir à la table des marcheurs.

Un jour, sur un autre GR, en mâchonnant un sandwich, assise sur les bords de Loire, en hochant la tête mécaniquement pour faire semblant d'écouter un raseur qui avait proposé de s'asseoir à côté d'elle, elle s'avoua vaincue et considéra que la solitude volontaire lui était interdite. Et qu'elle n'existait pas en ce bas monde. L'autre parlait dans le vide, elle avait appris à ne plus entendre, mais soudain elle capta quelques mots qu'elle lui fit répéter : « Je disais que c'est un endroit où ça, pour être tranquille, on est tranquille… Un peu trop, même. Je disais que si quelqu'un cherchait la solitude, la vraie, il la trouverait là. Parce qu'on y fiche la paix aux gens. » Elle lui sauta dessus comme un pirate à qui un imprudent aurait dévoilé l'emplacement d'un trésor… « Où ?! », hurla-t-elle.

Et voilà comment, au printemps 1993, Aline Bonaventure acheta une petite maison, au lieu-dit La Peltière, dans la campagne de Belprat. Jamais, effectivement, aucun journaliste ne vint la chercher là, il n'y avait pas de quoi remplir la première colonne d'un article. Rien d'extraordinaire à signaler, aucun détail insolite à l'horizon. Rien qu'une petite maison charmante, à flanc de coteau, ceinte d'un balcon filant qui permettait de suivre la course du soleil et de déplacer la petite table et les deux chaises en fonction. On y accédait par un grand jardin vierge de toute fleur trop voyante. Des herbes hautes et un carré bêché où Aline plantait ses légumes. Un peu plus au fond, un poulailler peuplé de quatre poules calmes et d'un coq aphone. Aucun habitant alentour ne lui demanda quoi que ce soit. Elle ne parlait plus que par signes, elle avait décidé – contre toute bienséance morale – de se faire passer pour sourde et muette. Un jour, d'ailleurs, un vrai sourd et muet la vit de loin s'exprimer en langue des signes (qu'elle n'avait pas même pris la peine d'apprendre) – elle voulait éloigner un nouvel importun – et il se demanda longtemps ce qu'elle avait voulu dire par « La nénuphar prend la poudre d'estafette ».

Contre une maigre rétribution, Luc, le fils du voisin, allait lui chercher à l'Inter U (anciennement Unico) ce qu'elle ne pouvait fabriquer elle-même, si bien qu'elle n'avait à croiser personne ou presque.

Elle passait ses journées à écouter ce qu'elle appelait le « silence normal », le bruit de la vie naturelle, le vent dans les arbres, la pluie, même quelques moteurs lointains, et toutes ces choses que l'on sait. Non pas l'absence de son, mais les simples battements du monde sans les blablas assommants.

Oh, malgré toutes ses qualités de discrétion et de quant-à-soi, Belprat comportait tout de même son lot de récriminateurs, de bougons et de râleurs grincheux prompts à donner leur avis sur une question que l'on ne leur avait pourtant pas posée. Aline fut qualifiée de marginale et même surnommée ainsi. On disait « la marginale ». « La sorcière » pour certains enfants qui jouaient à se faire peur. Mais jamais on ne vint la déranger chez elle, jamais non plus d'ailleurs ces noms-là ne parvinrent à ses oreilles. Jusqu'à ce jour.

3 août 1995

Ce samedi matin, on était au coude à coude sur le comptoir de Chez René. Roger servait et resservait les canons de blanc, et le rythme augmentait à mesure que la conversation s'envenimait, au point qu'il dut envoyer Marcellin, son aide, chercher d'autres cubis à la cave.

C'était Firmin Geusset, avec ce nom qui lui donnait un air de monsieur je-sais-tout, qui attisait le feu de la colère. Firmin vociférait ce matin-là contre l'accumulation de ces phénomènes extraordinaires qui s'abattaient sur Belprat.

— Ça n'est pas normal, voilà tout. De mémoire de Belpratais, j'ai jamais connu des choses pareilles. Y a eu Brignol, puis Praline, les poissons du diable, là, et puis les pages du libraire, et puis maintenant les clébards qui font le saut de l'ange… C'est pas normal, on est bien d'accord, y m'semble ?

Il tendit son verre vide à Roger qui l'emplit à nouveau.

— Et donc ? Tu veux en venir où ? Tu as une explication, Monsieur Geusset ? demanda Aristide Petiteau, à l'autre bout du comptoir.

Quand il appelait son ami par son nom de famille, c'était le signe qu'il était contrarié.

— J'en ai une, tout à fait, oui, Monsieur Aristide.

— Nous t'écoutons, alors.

— C'est rien que de la logique. Suffit de prendre les nouvelles variab'…, continua Geusset avec une mine d'Hercule Poirot qui s'apprête à donner le fin mot de l'énigme.

— C'est-à-dire ? l'encouragea-t-on.

Ils étaient une quinzaine maintenant à tendre l'oreille.

— C'est-à-dire que rien n'a changé ici depuis des années. Et que depuis que la marginale est là, il se passe des choses, c'est tout.

— Et donc, ricana Aristide, tu suggères que cette dame serait à l'origine de tous les phénomènes inexpliqués de ces derniers temps ? Juste parce qu'elle est pas d'ici ?

— C'est ce que je suggère, tout à fait.

— Et pourquoi qu'elle aurait fait des trucs comme ça, Monsieur *je-suggère* ?

— J'en sais trop rien, je ne sais pas tout, vois-tu, ça m'arrive, Monsieur Geusset ne sait pas, mais *je suggère* encore qu'on aille lui demander. Par acquit de conscience, comme qui dirait.

Quelques applaudissements se firent entendre dans le bistrot, ainsi que des « il a raison », des « ça, j'suis bien d'accord » ou des « Par acquit de conscience, oui ! »

Une heure plus tard, Roger prit la décision de fermer son établissement. Une vingtaine de Belpratais en colère avaient fini par se regrouper devant Chez René et, d'énervements en supputations, la décision avait été prise de se rendre chez « la marginale » pour la remettre aux autorités qui n'avaient rien demandé.

Aline Bonaventure était en train de fumer une cigarette sur son balcon quand elle entendit le brouhaha de la troupe. Elle sortit côté jardin et ils l'apostrophèrent en la voyant. Ils n'osaient pas franchir le portail pour l'instant mais le secouaient tout en hurlant des menaces à peine audibles.

Aline ne chercha pas d'explications et siffla en direction de la ferme voisine, le jeune Luc apparut, elle lui fit un signe, il regarda la scène un moment et il détala prévenir Richard Détourel.

Elle ressortit, armée d'une bêche. Les andouilles avinées se faisaient de plus en plus véhémentes et s'encourageaient les unes les autres. Aristide, plus calme, prit place en première ligne et s'adressa à elle :

— Madame Marginale, n'ayez pas peur. Simplement, nous voudrions que vous nous accompagniez à la gendarmerie. C'est normal, vous comprenez, avec tout ce qui se passe en ce moment, vous comprenez, c'est normal. Vous comprenez ?

Aline n'avait pas prononcé un mot depuis deux ans maintenant. Elle déplorait que sa retraite silencieuse prenne fin et qu'il lui faille encore chercher un refuge, mais elle briserait plutôt plusieurs crânes avant son silence. Elle n'avait pas l'intention de les honorer de quelques paroles. Elle se contenta de leur indiquer le chemin dans leur dos d'un geste de la main pour leur signifier qu'ils n'étaient pas les bienvenus et qu'il fallait partir. Ils se retournèrent, puis finalement comprirent le message. Ce qui les énerva un peu plus. Geusset gravit le premier les croisillons du portail. Il s'étala de l'autre côté de tout son long, mais il avait passé la frontière. L'effet mimétique joua à plein et ils grimpèrent tous, sauf Aristide qui déguerpit. Sous le poids de ces zombies éthyliques juchés comme ils pouvaient sur le battant, la grande porte – pas verrouillée – s'ouvrit en grand et claqua contre l'arbre planté sur le côté du petit chemin. Le choc les expulsa tous et les envoya au sol. Ils se relevèrent péniblement et avancèrent vers Aline.

Au même moment, précisément, à trois cent cinquante et un kilomètres de là, au palais de l'Élysée, Emilien Garopardi, un jeune apprenti maître d'hôtel, se concentrait pour tenir son plateau droit, en vain. Il venait de parcourir trois mètres à peine que déjà le café avait jailli des tasses par gerbes, imbibé les sucres, inondé les soucoupes et taché les serviettes brodées. Théodore Le Plantier, majordome au service de la République de père en fils, se frappa le front. « Je vous donne une dernière chance, dit-il, à Emilien. Ensuite, je m'en charge. Fixez un point au loin, vous ai-je dit, et maîtrisez-vous, jeune homme. » Emilien, avec des gestes vifs et précis, desservit son plateau, y reposa des serviettes fraîches, du café chaud, prit une grande inspiration, leva le tout, redressa le menton, tira ses épaules en arrière, fixa un point lointain et repartit pour la quatrième fois, passa le petit salon, fit un signe de tête à l'huissier au bout du corridor qui lui ouvrit la double porte battante, le laissa passer dans la grande salle à manger, et lui montra du nez la direction du jardin. Emilien pivota d'un quart de tour, évita de justesse le chien qui passait dans ses jambes à l'instant où il descendait les quatre marches du perron. Sans un mot, mais en soupirant de soulagement intérieurement, il posa son plateau sur la table, saisit la première tasse, la plaça devant le président. Puis la deuxième, pour le directeur de cabinet. Avec la même discrétion, il recula d'un pas et s'en alla. Il avait seulement entendu « Èvre-et-Maine » et remarqué un exemplaire du *Matin de Belprat*. Il se félicita de n'en avoir rien laissé paraître, mais il connaissait ce département pour avoir souvent passé des vacances chez son oncle Domitien, du côté de Nulpart-sur-Èvre. Il se demanda bien ce qui, là-bas, pouvait attirer l'attention du président de la République.

— J'étais déjà caféinomane, mais depuis mon élection, j'ai l'impression que mon sang a été doucement remplacé par du café, mon cher. Vous me disiez… ? Belprat ? Èvre-et-Maine ? C'est l'ouest, ça ? À côté de Doutreville ? Que se passe-t-il, là-bas ?

— C'est bien ça, monsieur le président. À une quarantaine de kilomètres de Doutreville, oui. Il se passe justement qu'il s'y passe beaucoup trop de choses pour un endroit où il ne se passe jamais rien.

— N'est-ce pas là-bas qu'il y a eu ces poissons-ballons ?

— Exactement. Et hier, plus de trois mille chiens à la queue leu leu sur plusieurs kilomètres qui ont sauté d'une cinquantaine de mètres de haut. Ils ont été sauvés par un agriculteur. Celui qui s'était fabriqué sa petite fusée maison pour vérifier que la Terre était bel et bien ronde. Le ministre de l'Intérieur a fait envoyer des renforts, monsieur le président. Regardez ça !

Il tendit le journal au président.

— D'accord, d'accord. Bon, il n'y a pas mort d'homme.

— Pour l'instant, monsieur le président, pour l'instant…

L'Affaire Alfred Langevin

Par Adémar Flanne,
directeur de la rédaction du *Matin de Belprat*

II

Ce brave Lucien Brignol. Fort heureusement, ce chevalier, ce héros même – ne craignons pas les mots –, moissonnait son champ de blé, en contrebas de la Roche-accrochée, quand il vit crapahuter à flanc de coteau cette ribambelle de chiens guidée par Opium, le berger allemand. Cette procession ne pouvait mener qu'au bout du chemin, c'est-à-dire à la Roche-accrochée, et ensuite, c'était le vide. Par instinct, on n'ose dire par une forme de volonté divine qui aurait pris le volant du tracteur, tant la providence fit merveille ce jour-là, Lucien Brignol braqua, recula, pour embrocher une de ses bottes de paille tout juste formée. Il manœuvra, fit demi-tour, et fonça sur les cinquante mètres qui le séparaient de l'à-pic. Il vit Opium s'approcher dangereusement du bord au moment où il laissait tomber sa paille en vrac, formant un monticule confortable sur lequel le berger allemand atterrit et continua sa route, comme s'il n'avait fait que sauter un trottoir. À chaque seconde, chutait un nouveau chien qui reprenait sa place dans la file. Elle s'étendait maintenant sur trois cents mètres. Je vis tout ça depuis le haut, juché sur la Roche-accrochée. Mais je la quittai bientôt, la foule des propriétaires affolés menaçait, par leur nombre, de nous faire tomber à notre tour. Plusieurs d'entre eux tenaient leurs mains mordues. Ils avaient une ultime fois tenté désespérément de sauver leur animal. On applaudit Brignol, qui salua d'un coup de klaxon et reprit son travail, comme s'il n'avait pas sauvé lui tout seul l'entièreté de la population canine de Belprat et alentour. Un héros, vous dis-je.

Toujours est-il que, comme vous l'avez sans doute appris par l'édition du *Matin de Belprat* du lendemain, le colonel Éric Monceau suivit les chiens avec sa brigade et découvrit, deux kilomètres plus loin l'objet de leur désir, la source de cette étrange hypnose : un émetteur d'ultrason hyper puissant. Réglé à la bonne fréquence, il avait attiré les chiens aussi sûrement que le sifflement de leur maître. Le colonel Monceau donna un coup de pied fracassant au milieu du haut-parleur, et l'immense meute s'égaya immédiatement. Chacun regagna qui sa niche, qui son foyer.

Il semblait décidément que l'actualité ne refroidirait jamais en cette région pourtant si longuement oubliée des affres. Quelques jours plus tard, j'avais fait l'emplette de quelques bouteilles de crémant des Mauges pour fêter les ventes historiques du journal. Nous allions trinquer à la prime que j'étais en passe de distribuer à chacun des membres de ce corps journalistique. Je n'avais pas encore terminé mon discours sur la nécessité impérieuse d'informer – dont voici un extrait : « Ainsi, dans un monde soumis à l'implacable violence inhérente à la condition humaine et à l'état de Nature que le grand Thomas Hobbes théorisait dans son *Léviathan* prophétique, ainsi donc, plongés dans cet univers incertain, cheminant sur cette route pavée de briques ébréchées, le journaliste s'érige en guide, en lieu et place du panneau indicateur. Il assume à lui seul – et modestement – la place tout à la fois de la vigie, du berger et du grand frère secourable. En un mot comme en cent, sans détour, sans fioritures ni commentaires superflus, la presse quotidienne régionale incarne aujourd'hui ce qui manquait hier : la confiance. Et *Le Matin de Belprat* a pris, je peux vous l'annoncer (et vous informer encore), la tête de l'escadrille. Les ventes et l'audience de notre journal n'ont jamais atteint de tels sommets : vous en êtes les sherpas ! Tous. Même vous, Magalie. (J'avais sciemment pensé à ne pas oublier Magalie, elle en rougit). Ainsi, je vous enjoins, mes fidèles compagnons de l'info… » – que je fus stoppé net, à peu près à ce moment-là, si ma mémoire ne me fait pas défaut. Les téléphones de la rédaction sonnaient comme des réveils un jour d'examen. Chacun se précipita à son poste, Magalie, galvanisée, fut la première à décrocher. Diverses sources nous prévenaient d'un grabuge en cours, du côté de La Peltière, chez celle que l'on nomme

« la marginale ». Et tout le monde fut sur le pont. Les chaises de bureau d'Alfred et de Claire tournaient encore sur elles-mêmes qu'ils étaient déjà loin.

Ce n'est pas l'incident[1] en tant que tel qui fit du bruit, mais la découverte du passé et de la notoriété de cette habitante discrète de la campagne belpratase. Il s'agissait en fait d'une milliardaire belge, Aline Bonaventure, fondatrice de la Société Modemèservi. inc., qui avait tout quitté et dont on était sans nouvelles depuis des années. Encore une fois, les limiers du *Matin de Belprat* avaient débusqué un nouveau lièvre bien sauvage. Les confrères de la presse nationale et internationale sautèrent une nouvelle fois sur cet os à ronger. Os que nous leur tendions. Et l'on aurait apprécié davantage de reconnaissance. Or, certains d'entre eux n'eurent pas même la politesse de citer notre journal. Que voulez-vous...

Ce même jour, alors que je cherchais une cartouche d'encre noire, je m'aventurai sans malice – mais quand j'y pense, sans doute à cause d'une intuition d'investigation – je m'aventurai donc du côté du bureau d'Alfred. J'ouvris un tiroir. Et je vis – mon Dieu – un carnet, enfin ce que je crus être un

1. Une vingtaine d'hommes s'étaient rendus chez Mme Aline Bonaventure, surnommée « la marginale », la rendant responsable des événements inhabituels qui avaient eu lieu à Belprat et alentour les semaines et mois qui précédaient.

carnet et qui n'était en fait qu'une ramette de papier pliée en deux. Curieux, je sortis le petit cahier, le feuilletai… Mon Dieu. Uniquement des pages 49.

Le doute qui s'était insinué en moi lorsque j'étais tombé incidemment sur une page volante jaillit à cet instant avec toute sa puissance, et j'entrevis les faits récents d'une tout autre manière.

Praline, l'empoisonnement de l'Èvre, les chiens, les pages 49. À chaque fois, Alfred était là. Et souvent le premier sur l'affaire. Mon meilleur élément serait-il un escroc, pensai-je ? Une imposture ? Mais pourquoi perpétrait-il de telles infamies ? Je craignis de comprendre. Mais je préférai ne rien en dire pour pouvoir l'observer à loisir et le confondre plus efficacement.

3 août 1995

Un carnage. Quand Richard arriva à La Peltière, il avisa deux hommes à terre. Les autres n'allaient pas tarder à les rejoindre, tant Aline Bonaventure avait décidé de ne pas les épargner, de n'en rien laisser que des serpillières inutilisables, des monticules tremblants de terreur et en pleurs, voici ce qu'elle en aurait fait si Richard n'était pas intervenu à temps.

Un troisième tomba. Il s'entortillait sur lui-même et pressait ses mains contre ses oreilles dans une lutte désespérée. Mais trop tard. Comme les deux précédents, Aline avait eu le temps de lui décocher de terribles outrages verbaux. Elle hurlait depuis quinze minutes sur ce qu'il fallait bien maintenant appeler de pauvres hères ; des mauvais bougres, certes, mais qui n'avaient sans doute pas mérité ça – qui, d'ailleurs, aurait commis crime si grave pour se voir infliger pareil traitement ?

Aline Bonaventure avait déclamé d'un seul coup la totalité de ce qu'elle avait accumulé au cours de ses années de silence, elle avait agoni d'injures ses agresseurs, les avait accablés d'insultes et de vérités épouvantables mais justes sur l'état de l'humanité. Elle avait trouvé les failles, tout de suite, y avait porté le verbe avec une précision de Cyrano. Les traumatismes avaient ressurgi, les blessures secrètes, les petites hontes, les grandes trahisons, Aline Bonaventure les avait débusquées pour chacun d'eux.

Enfin, les mots ont leur pouvoir, certes, mais ce sont surtout, c'est vrai, les coups de manche de bêche sur la tempe qu'elle leur avait assénés au moment où ils allaient poser une main crasseuse sur elle pour « l'emmener aux autorités », comme ils éructaient depuis leur arrivée, qui les avaient envoyés au tapis. Un autre courait encore dans les chemins de la campagne belprataise, le poignet à l'envers, retourné par une clef de bras.

— Dites, vous avez une bonne voix, finalement… Je crois qu'ils ont compris, je vais prendre leur identité, si vous voulez bien.

— Prenez leur identité, mais surtout prenez-les tout court, pendez-les, même, si ça vous chante. Qu'ils ne remettent plus les pieds sur ma propriété.

— Oh, je crois que ça ne leur viendrait plus à l'idée, répondit Richard en finissant de noter les noms correspondants aux trognes déconfites. Allez, messieurs, circulez. Vous serez convoqués ultérieurement pour effraction et agression. Si Mme Bonaventure porte plainte. Et si vous êtes là parce que vous la suspectez d'être à l'origine des actes malveillants des dernières semaines, dites-vous, crétins, que ça ne peut être l'œuvre de quelqu'un qui veut se faire discret. Mais l'inverse.

Les ivrognes bredouillèrent des excuses à Aline, s'en allèrent, tête basse, et ne dirent pas un mot jusqu'au panneau « Belprat » où ils se séparèrent, toujours sans rien dire, refusant même de répondre aux questions des journalistes qui venaient d'arriver. On ne les entendit plus, paraît-il, pendant deux semaines. Ils se tenaient là où on les laissait, chefs penchés, regards dans le vide.

Aline Bonaventure abandonna son vœu de silence, ainsi que toutes idée de fuite. Elle répondit une fois pour toutes à l'armée de journalistes qui s'étaient emparés de l'affaire et campaient sur place. Elle raconta comment elle avait voulu fuir le monde, comment c'était finalement impossible, comment on n'acceptait pas qu'un humain se retire volontairement du biotope social façonné pour lui, qu'elle avait presque réussi à Belprat, mais que les utopies – c'était leur définition – n'existaient pas.

Elle resta à La Peltière et décida de relâcher un peu sa discipline. Elle lançait un « bonjour ! » franc quand elle croisait Richard ou un autre Belpratais ami. Elle devint une figure belpratasie et contribua à l'essor numérique de la région, bien des années plus tard.

6 septembre 1995

« À quatre-vingt-douze ans, si l'on se réveille sans avoir mal nulle part, c'est qu'on est mort. » Tous les matins, ce vieil homme se levait en grimaçant à cause de ses articulations qui lui tordaient les membres, une douleur très légèrement adoucie par le petit rire que lui arrachait cette formule du chanteur des années soixante, Ricet Barrier. Elle lui était revenue en tête pour ses quatre-vingts ans, et depuis douze ans donc, chaque jour, il se réjouissait en philosophe, en la citant.

Pourtant ce matin-là, son esprit était occupé au point qu'il en oublia ces souffrances physiques et se sentit un jeune homme. Il calculait dans sa tête, reconstituait les événements, essayait de nouer les fils de cet imbroglio qui l'occupait depuis presque une semaine. En ouvrant son placard, il prit au hasard l'un de ses costumes gris anthracite trois pièces. Même marque, même modèle. Par-dessus son maillot de corps, il boutonna une chemise blanche, puis ses bretelles. Il ajusta son gilet et sa veste, se donna un coup de peigne, plaqua sur le côté les quelques cheveux qui lui restaient et lissa ses belles moustaches blanches. Il sortit de chez lui, rue du général de la Contreret, à Belprat, s'installa non sans quelques difficultés au volant de sa vieille Mercedes break, et démarra.

Il conduisit (très) lentement, comme toujours, saluant d'un geste de mépris les klaxons furieux des conducteurs pressés, obligés de lambiner derrière lui. Puis, après une dizaine de minutes, il arriva à Andrezaille. Il réussit à s'extraire de sa voiture, marcha quelques mètres, frappa à une porte – il y avait pourtant une sonnette sur laquelle une petite étiquette indiquait : « M. et Mme Boussac ». Elle lui ouvrit.

« Bonjour, chère madame. Je m'appelle Ignace Lavalette. Puis-je vous poser quelques questions ? »

20 août 1995

Rosaline Flanne, née Bretaudeau, souffrait d'onychophagie. Elle se rongeait les ongles à la moindre contrariété, la plus petite anxiété déclenchait la disparition quasi complète de l'ongle de son index. Mais l'activité la plus propice au déclenchement de cette manie restait sans nul doute : la fomentation. Or, Rosaline fomentait souvent. À l'école élémentaire, elle avait fomenté une révolte pour obtenir une pêche à la ligne pour la kermesse. Au collège, elle fomenta contre le professeur de mathématiques – matière dans laquelle elle n'excellait pas – afin de lui interdire les interrogations surprises. Fomenta encore contre le conseil municipal quand l'idée saugrenue lui vint d'installer un parcmètre en face de la maison Flanne. Elle fomentait inlassablement, pour tout et tout le temps. Mais depuis qu'elle avait entamé une liaison avec Christian Socque, elle fomentait à longueur de journée contre son propre mari, Adémar Flanne.

— Ma douceur, donc, je veux dire, calme-toi enfin. Arrête de fomenter. Il ne peut rien, donc, contre nous. Il se calmera, donc, il acceptera, il signera donc.

— Non, imbécile, il ne signera rien. Il refuse le divorce, il refuse que je parte, il refuse que je vive une vie à moi.

Elle sanglotait.

— Oh, qu'ai-je fait pour mériter ça, Christian ? Tu peux me dire ? J'ai été trop faible, depuis trop longtemps, j'ai trop accepté. Mais c'est terminé. Pas un jour de plus d'oppression, tu m'entends ? Regarde, mais regarde !!!

Elle montra le bout de son index rogné à un Christian désemparé.

— Mais qu'est-ce que ça change, ma douceur, donc ? On est tous les deux, c'est tout ce qui compte, donc, n'est-ce pas ?

— Non. Je ne lui laisserai pas ma part. J'ai mérité cet argent.

— Mais j'en ai de l'argent, moi, donc, ma douceur, je t'en donnerai, donc.

— Non. Je veux la moitié qui me revient, de la maison, des parts du *Matin,* tu sais qu'il a amassé une fortune ? Et tu sais que les ventes du *Matin* ont décuplé depuis toutes ces histoires ?

— Mais s'il refuse, donc, ma douceur ? Que veux-tu faire de plus ? Il faut être patiente, voilà tout, donc, ma douceur.

— La patience, j'ai donné. C'est fini. Je veux qu'on en termine tout de suite. Il faut… Il faut que tu me montres à quel point tu m'aimes.

— Mais donc, quoi ma douceur ? Tu ne vas pas recommencer avec ces histoires de, de… donc, de meurtre.

— Très bien. Tu sais qu'il veut faire croire à tout le monde que c'est toi qui as empoisonné l'Èvre ? À cause du bidon des Charrues Socque qu'on a retrouvé sur la berge ? En disant que vous aviez décidé de vous débarrasser de vos produits à peu de frais.

— Non, donc ?

— Si. Il me l'a dit, à moi, le jour des poissons-ballons.

— Mais comment tu voudrais faire, ma douceur, donc ?

— Je lui propose un rendez-vous pour arranger les choses entre nous. Et quand il arrive, tu l'assommes et nous n'aurons plus qu'à nous débarrasser du corps.

25 août 1995

« Où est Alfred ? » La question tournait dans la tête de Richard tandis qu'il donnait de grands coups de canne dans les fougères autour de la Roche-accrochée pour trouver un éventuel indice laissé là, par le ou les responsables de cette pagaille générale. Il avait passé la matinée à poser des questions aux voisins du journaliste. L'avaient-ils vu partir ? Charger son coffre ? Déménager, peut-être ? Non, rien ? Avaient-ils remarqué un comportement inhabituel chez le jeune garçon ? Mais non. Dans le petit lotissement quasi neuf où vivait Alfred, il n'y avait rien d'autre à raconter à son sujet que des services qu'il avait rendus, des bonjours enthousiastes, des poignées de main. Tous déploraient son absence qui n'était pas passée inaperçue. Mais aucune lumière ne s'était allumée ces dernières nuits chez leur jeune voisin.

Richard reprit le chemin qui bordait la rivière et arriva en fin d'après-midi chez lui. Il s'assit à la table de son petit jardin et s'alluma une cigarette invisible bien méritée. Il essaya de faire le lien entre les événements récents et la disparition du jeune Alfred. C'est Claire qui l'avait averti ce matin. Elle n'avait pas vu son collègue et ami depuis plusieurs jours à la rédaction du *Matin de Belprat*. Inquiète, elle était passée chez lui. Personne. Richard ne l'avait pas revu depuis qu'il l'avait croisé à la librairie de Stanislas Lamartine, et il lui avait fait cette réflexion au sujet de la présence du journaliste, avant tout le monde, sur chaque affaire. Il était toujours prévenu le premier ou se trouvait là au bon moment. Selon Richard, c'était un peu trop systématique pour n'être qu'un hasard. Et si Alfred avait joué un rôle dans tout ça ? Mais lequel ? Et pour quoi faire ? Le garde champêtre se demandait si cette disparition était un aveu – Alfred aurait-il pris peur après cette remarque ? – ou une disculpation.

31 août 1995

On s'habitue à tout. Trois journalistes de la presse internationale buvaient une bière sur la terrasse du Cheval blanc, sous un soleil d'août qui métallisait le moindre muret de pierres. Ils discutaient comme tout le monde de la concentration des événements extraordinaires et l'un d'eux expliquait qu'il avait fait la veille la découverte d'un escargot sénestre, c'est-à-dire dont la coquille s'enroulait vers la gauche, plutôt que vers la droite, forme dextre, ce qui était extrêmement rare.

Les deux autres hochaient la tête en écoutant son exposé zoologique lorsqu'ils virent une dizaine de leurs confrères courir dans la même direction, suivis de camionnettes et de voitures siglées CNN, NSBNC, TF1, RAI, etc. L'effervescence reprenait, mais ils avaient la sensation qu'elle ne cessait plus. Seul le château de Belprat, visible depuis la terrasse, avait l'air de rester calme. Les trois se regardèrent en soupirant. Quelle histoire tombait encore sur ce coin d'Èvre-et-Maine ? Winifred Banks, présentatrice de la BBC, était arrivée début juillet pour couvrir l'affaire des poissons-ballons et n'avait pas bougé depuis. On l'astreignait à un duplex par jour, minimum. Entre autres talents, elle avait celui de siffler fort. Elle usa de cette qualité pour attirer l'attention d'un ami journaliste brésilien, Fernando Real, rencontré à Belprat, qui passait en courant. Il s'arrêta, vit Winifred et fit demi-tour pour la saluer, mais en jetant des coups d'œil par-dessus son épaule pour signifier qu'il ne pourrait s'attarder et que, comme sa démarche rapide l'indiquait pourtant très clairement, il était pressé. Et transpirant.

— Que se passe-t-il (encore), *dear* ?

— Des *crop circles*, cette fois, ma chère. Faut bien y aller. Ça fait de la bonne image, répondit-il en levant légèrement sa lourde caméra.

— Allons bon, des extraterrestres maintenant…

— Qu'est-ce que c'est, un *crop circle* ? demanda Ingmar, un journaliste suédois attablé lui aussi.

— Tu sais, ce sont des figures, des arabesques, des cercles dessinés sur une surface gigantesque, un champ souvent, en courbant les épis de blé ou en les taillant, reprit Winifred Banks. En français, ils disent des « cercles de culture » ou des « agrographes ». Pour certains illuminés, ils sont considérés comme la trace du passage d'une civilisation extraterrestre, qui se serait posée avec son vaisseau spatial – et serait repartie aussitôt, on ignore pourquoi –, ou une manifestation divine pour d'autres ou des signes cabalistiques. Il y a tout un tas d'explications grotesques. Mais la plupart du temps, ce sont juste des plaisantins qui se sont bien amusés, voilà tout. Enfin, c'est joli en général. Où est-ce, Fernando ?

— Sur le champ de l'Apéroquière, paraît-il.

— Alors, ne courez pas, mes amis. Suivez-moi, on verra tout, et mieux, depuis la Roche-accrochée. *My god*, j'ai l'impression de vivre ici depuis trente ans, j'en connais tous les recoins.

En arrivant sur le sentier qui mène à la Roche-accrochée, ils croisèrent quatre autres confrères, appareil photo en bandoulière, et l'air satisfait, qui fonçaient déjà à leur hôtel pour écrire leur nouveau reportage belpratais. Il y avait beaucoup trop de journalistes à un seul endroit du monde, se dirent-ils. Ils virent aussi, en chemin, deux ou trois poissons-ballons égarés dans les arbres ou flottant au-dessus d'un champ. On en voyait encore de temps à autre, et on ne prenait même plus la peine de les photographier.

Il en manquait un, pourtant, de journaliste : Alfred Langevin. On commençait à s'inquiéter sérieusement de sa disparition. Dix jours qu'on ne l'avait plus revu, mais les gendarmes continuaient de dire qu'un adulte vacciné avait parfaitement le droit de s'évaporer s'il lui en prenait l'envie, et qu'ils avaient – au cas où personne ne l'avait remarqué – bien d'autres chats à fouetter en ce moment.

31 août 1995

Les héros d'hier deviennent aisément, le lendemain, des coupables désignés. Lucie Brignol jurait ses grands dieux que son Lucien – réfugié dans sa ferme et qui recevait maintenant les importuns à coups de fusil – n'y était pour rien. Tout l'accusait, effectivement. Il s'agissait de son terrain, il avait un passé d'astronaute, même éphémère, et il disposait de tout le matériel nécessaire pour tracer ces dessins étonnants au milieu des céréales. Les journalistes insistaient. « C'était bien son champ, non ? » « Il moissonnait en ce moment, justement, n'est-ce pas ? » « Va-t-il reconstruire une fusée pour partir à la rencontre des extraterrestres qui ont laissé ces traces ? » Celle-ci était ironique et cruelle. Toutes les apparences étaient contre lui, il fallait bien l'admettre. Un des nombreux journalistes commençait déjà à griffonner le titre provisoire de son papier : « Le sauveur des chiens de Belprat, auteur d'un canular ».

Dans le champ de Lucien Brignol, si l'on prenait un peu de hauteur, en grimpant à la cime du grand chêne qui avait retenu *in extremis* la fusée de l'agriculteur ou, mieux, si l'on gravissait le coteau pour profiter de la vue depuis la Roche-accrochée, on voyait effectivement de drôles de formes géométriques et symétriques sur toute la surface du grand champ de blé à moitié moissonné. Des cercles parfaits, reliés par des lignes droites, comme tracées à la règle. Les questions qui venaient immédiatement à l'esprit en découvrant ces étranges signes étaient « Comment a-t-on pu dessiner de telles formes, de cette taille, avec une telle précision ? » et « Qui en est l'auteur ? » Évidemment. « Risque-t-on d'être aspiré par une autre forme de vie ? » et « Peut-on capter quelques radiations en s'aventurant au cœur des dessins ? » étaient en revanche des questions idiotes.

Mais enfin, toutes se posaient pour les journalistes présents qui, décidément, avaient de quoi nourrir leurs journaux. Ils s'étaient attroupés autour de la maison de Lucien Brignol et prenaient des photos sous tous les angles. La maison seule. La ferme au premier plan, le champ au deuxième. Lucie devant sa maison faisant de grands signes pour leur intimer l'ordre de partir. L'un d'eux réussit à prendre une photo de Lucien écartant légèrement le rideau du salon pour jeter un œil à l'extérieur. On le voit, bouche ouverte, surpris d'avoir été découvert et qui comprend que le photographe l'a eu.

« Attendez ! » Tout le monde se retourna. Adémar Flanne apparut. « Ce n'est pas lui ! Laissez-le tranquille ! Je sais qui est l'auteur de ces *crop circles*. Vous lirez son nom demain dans *Le Matin de Belprat*. »

1er septembre 1995

Le lendemain, sur les comptoirs et les tables des terrasses de tous les bistrots, à la maison de la presse et au bas de la porte de tous les abonnés, on pouvait lire en une du journal : « Un journaliste en mal d'action invente des faits divers pour pouvoir les raconter. » Et juste au-dessous : « Notre confrère, Alfred Langevin, journaliste du *Matin de Belprat,* aurait commis des exactions à des fins personnelles. Il serait notamment l'auteur des dessins cabalistiques dans le champ de Lucien Brignol. Le coupable court toujours. »

Adémar Flanne, avec sa verve habituelle (et un peu crispante), expliquait qu'il avait lui-même résolu l'énigme : son jeune journaliste star était en fait l'auteur des événements extraordinaires qui avaient bouleversé Belprat ces derniers mois. Et il le prouvait. Il avait retrouvé, par exemple, toutes les pages 49 arrachées à la librairie La Virgule dans le tiroir de son journaliste. « Je ne dirais pas que c'est un soulagement, mais je vais pouvoir fermer l'œil. Et j'ai décidé de recoller moi-même chaque page manquante », témoignait Stanislas Lamartine, le libraire.

Pour le torrent de chocolat, Adémar n'avait pas la preuve, mais il était tout de même très étrange qu'Alfred ait été présent au moment où la source anonyme appelait sur le téléphone de Magalie. Personne n'en avait été témoin et tout portait à croire qu'il n'y avait tout simplement pas eu de coup de fil. Que Langevin avait tout bonnement inventé cette prétendue source anonyme. Pour les poissons-ballons, pas non plus de preuves irréfutables, et peut-être y avait-il eu complicité chez **Charrues Socque** (le nom était en gras et souligné dans l'article), arguait-il. L'enquête suivait son cours sur ce dossier. Mais pour les chiens-moutons et pour les cercles de culture, aucun doute. Adémar avait remarqué des traces de pas caractéristiques autour de l'enceinte à ultrasons et dans le sentier qui mène du « bois de derrière » aux dessins agricoles. Pour le premier événement, il n'était pas équipé sur le moment et, choqué par cette révélation, il avait voulu prendre un peu de temps pour y réfléchir, les traces avaient disparu depuis, mais il demandait qu'on le croie sur parole « au nom d'une carrière entièrement consacrée, sans relâche, à la vérité », précisait-il. Mais pour les agrographes, il avait cette fois pris la peine de les protéger d'une bâche et prévenu la police ainsi que Richard Détourel, qui avaient pu, par eux-mêmes, engager les constatations nécessaires. Il avait cette fois eu la présence d'esprit d'en prendre un cliché (la photo était publiée à la page suivante, sous différents angles et différents zooms). Or, ces empreintes étaient reconnaissables aisément : des santiags à talons de la marque Pibody, visible sur la semelle. Alfred Langevin était le seul propriétaire de ces chaussures, restées au stade de prototype. Pierre Delépau, directeur de Pibody, témoignait lui aussi : « Je vous certifie effectivement qu'Alfred Langevin était le seul à en détenir et vous me voyez navré d'apprendre que nos chaussures ont été utilisées pour perpétrer ces forfaits. Je lui demanderai de bien vouloir nous les rendre… Lorsqu'on le retrouvera, naturellement. » Alfred Langevin demeurait introuvable.

Adémar indiquait enfin qu'il avait bien entendu prévenu les autorités compétentes.

1er septembre 1995

Le soir même, aux alentours de 22 heures, l'une des autorités compétentes, Richard Détourel, fumait cigarette imaginaire sur cigarette imaginaire dans la cuisine de sa petite maison belprataise, rue des Vignes. Claire Pan était là aussi et lui enjoignait de bien vouloir rester calme.

— Je n'y crois pas une seconde, Claire. Et je ne sais pas comment l'expliquer, mais je sens que la solution est là. Tu sais, j'ai cette sensation parfois dans une enquête. Un blocage, impossible d'identifier ce qui coince et soudain, on repère l'engrenage défectueux, et tout le reste se met à rouler. Je sens qu'une pièce n'est pas à sa place.

Il avait la tête dans les mains et les coudes posés sur le journal. Il relisait l'article et scrutait les photos à la loupe.

— Richard, je suis la première étonnée. Mais les pages 49, elles étaient dans son tiroir, quand même ? Alors, je veux bien qu'on les y ait mises, mais ça fait beaucoup de coïncidences, non ? Et on le sait, qu'il était le premier sur les lieux. À chaque fois. Et puis, Richard… Où est-il alors ?

— Je sais, je sais… Et ce squelette ce matin.

— Si ça se trouve, Richard… Si ça se trouve, hein… C'est son ultime fait divers. Il est allé jusqu'au meurtre…

— Mouais. Et donc, il a décomposé le corps puis le squelette. Et il a planqué le puzzle chez Geneviève Boussac, morceau par morceau ?

— Ou alors, c'est lui ? C'est Alfred, le squelette ?

— Même réponse. Restons concentrés, Claire. Mais j'admets que je n'y comprends rien.

Il posa la loupe sur le journal pour s'allumer une cigarette et, tandis qu'il l'allumait, il vit quelque chose.

— Claire ! Viens voir !

Elle approcha d'un bond.

— Regarde. Sous la loupe.

Richard fit mine d'écraser sa cigarette dans le cendrier.

Claire saisit la loupe, regarda, ne vit rien. Elle était penchée sur la photo de pas qu'Adémar avait prise dans le champ de Lucien Brignol. Elle ajusta, fit pivoter légèrement la lentille…

— Oh mais oui, incroyable !

Les deux étaient penchés au-dessus de l'image. Une fois qu'on l'avait vu, on ne voyait plus que ça. De très fines traces de pas supplémentaires s'inséraient entre les empreintes des semelles de santiag. Mais aucune trace de crampons, de marques, de talons, rien sur celles-là.

— Ils étaient deux ? avança Claire.

— Non. Je pense que celui qui a laissé ces traces était seul. Qu'il a alternativement chaussé une seule chaussure, à droite, puis à gauche. Et qu'à chaque fois, il a malgré ses précautions laissé l'empreinte de son pied de chaque côté, en chaussette. Voilà ce que je crois.

— Mais pourquoi une seule chaussure ? C'est idiot.

— Parce que pour une raison ou pour une autre, il n'en avait qu'une et qu'il avait l'intention de faire croire au passage du propriétaire des santiags : Alfred.

— Alors Alfred est innocent ?

— En tout cas, je pense qu'il s'agit bien de ses chaussures, sa chaussure, mais que ce n'est pas lui qui avait le pied dedans.

— Il faut montrer ça à Adémar, Richard ! Il faut ajouter ces éléments au journal avant la parution du nouvel article, demain !

1er septembre 1995

« Ainsi se termine l'extraordinaire histoire qui conduisit à la mort d'un journaliste qui refusa de n'être que le simple témoin des événements quand il découvrit qu'il pouvait en être acteur. Et même un imposteur. Avant de mettre un terme à ce récit, j'ai presque honte de moi-même, comme les parents d'un assassin se posent légitimement la question de leur propre responsabilité. Ai-je par mon enseignement, de quelque manière que ce soit, influencé négativement l'attitude de mon jeune disciple ? Je n'aurai jamais la réponse, mais je ferai en tout cas pénitence en me donnant encore corps et âme et jusqu'à la fin à ma noble profession.

L'information belprataise n'est pas morte, l'information continuera. L'information est, et sera !

Pour vous, et à vous, Belprataises, Belpratais (et habitants alentour). »

À 22 heures, seul dans son bureau de la rédaction, Adémar relut ces quelques lignes une dernière fois, indiqua le mot FIN en lettres capitales, puis recapuchonna avec délicatesse et solennité son stylo-plume jusqu'au petit *clic* caractéristique. Il le posa sur le manuscrit en tirant légèrement la langue pour s'assurer qu'il était bien parallèle au texte.

Il prit sa pipe, sa blague à tabac et s'étira en arrière jusqu'à faire légèrement basculer sa chaise. Il tassa du pouce son Amsterdamer, puis saisit la boîte d'allumettes sur son bureau, pouffa un peu sur le bec, des volutes de fumée bleue volèrent dans la pièce. Il les regardait, satisfait du travail accompli. Et il tira encore quelques bouffées. Pour un peu, il s'en serait tenu là. Mais il lui restait une tâche à accomplir. À regret, il tapota sa pipe dans le cendrier et y laissa une trace noire. En geignant un peu, il se leva, se dirigea vers un joli cadre accroché au mur, qui représentait un cerf dans le grand parc du château de Belprat, au coucher du soleil. Un soleil orange dont on avait, exprès – signature de l'artiste –, saturé les couleurs. Il le contempla un instant, comme s'il ne l'avait pas vu depuis bien longtemps, puis il toucha le bord gauche, et tira. Le cadre était monté sur charnières, s'ouvrit et découvrit la porte d'un petit coffre-fort. « Un coup à droite, dit-il à haute voix, le 14, un coup à gauche, le 12… » La date d'anniversaire de Rosaline. Il soupira de tristesse. « Et le 38… Voi-là. » *Clanc.* Adémar fit tourner la grosse poignée en acier. Le battant s'ouvrit tout seul. Quelques papiers rassemblés dans de petits dossiers attendaient tout au fond. Quelques liasses de billets de cent et deux cents francs, pas tant que ça, étaient posées sur un petit livre lui-même au-dessus de deux autres, plus volumineux. Adémar prit le premier. C'était un exemplaire grand format du roman d'Hemingway, *Pour qui sonne le glas*. Il ouvrit le livre. On y avait dessiné et découpé la forme d'un petit revolver à barillet, à canon court, un Colt Detective Special .38. En tirant la langue (de nouveau), il s'en saisit, le soupesa, le pointa. Appuya sur la détente. *Clic*. Encore. *Clic*. *Clic*. L'arme était vide. Mais le barillet tournait bien. Il s'empara de l'autre livre, le plus petit : *L'Arrache-cœur*, de Boris Vian. Mais le roman lui échappa, tomba, s'ouvrit et les balles qu'il renfermait s'éparpillèrent au sol. Il ricana et dit pour lui-même en s'agenouillant pour les ramasser : « La littérature renferme bien des secrets et bien des dangers. » La vingtaine de balles ramassées, il en inséra six dans le barillet, remit les autres dans la cache du Boris Vian, il rangea le livre dans une mallette et glissa le revolver dans sa ceinture, contre sa hanche, en rabattant sa veste par-dessus. Il s'empara enfin du troisième livre, *L'Adieu aux armes*. Hemingway encore. Un pistolet automatique y était dissimulé. Il le plaça dans la mallette aussi.

Quand il entra dans sa Citroën Visa GT grise, elle pencha douloureusement sous son poids, puis se rétablit dans un grincement inquiétant en penchant légèrement de l'autre côté. Adémar posa sa mallette sur le siège passager, mit le contact, alluma les phares, vérifia le rétroviseur et démarra. Il traversa tout Belprat. Et s'engagea sur la route de Cheûtol.

Rosaline, sa Rosaline, l'avait appelé juste après le retentissement des révélations sur l'affaire des cercles de culture. Elle sanglotait au téléphone, elle implorait Adémar de bien vouloir lui pardonner sa passade. N'était-elle pas sa « petite Rosaline », après tout ? Avec ce qu'ils avaient vécu ? N'avait-elle pas le droit à l'erreur ? Après tout ? Hein ? Alors ? Et elle avait compris beaucoup, beaucoup de choses, disait-elle. Qu'elle s'était mal comportée, mais qu'elle en avait conscience à présent. Ne serait-ce pas possible au moins de se voir, de se parler de visu, ils n'étaient tout de même pas devenus des étrangers l'un pour l'autre, si ? Elle pourrait porter son ensemble turquoise pour l'occasion, peut-être ? Ça lui plairait sans doute, non ?

Adémar pensa d'abord qu'elle reprenait contact grâce au prestige journalistique dont il venait d'être gratifié après ses révélations sur l'affaire Langevin. Deuxième hypothèse, pensa-t-il ensuite : elle est intéressée par l'argent, elle a eu accès aux chiffres de vente. C'était concevable. Et une petite part quand même, mais quasi négligeable, une petite part de son être envisagea l'idée qu'éventuellement, on ne savait jamais, sa Rosaline était sincère et désirait réellement lui revenir.

Il dissimula en tout cas ses sentiments et joua le numéro de l'amoureux vexé qui fait semblant d'hésiter.

Elle lui proposa, « même si elle savait que ça pouvait paraître incongru », de se retrouver à l'entrepôt des Charrues Socque, sur la route de Cheûtol. Elle expliqua que Christian était parti à Doutreville pour aller chercher des clients chinois qui devaient visiter la Belprataise et qu'il en profitait pour leur faire la tournée des grands-ducs en les emmenant visiter le château de Doutreville et la tapisserie de la Genèse de renommée mondiale. Qu'elle préférait qu'on ne les voie pas ensemble pour l'instant, parce qu'elle ne voulait pas alimenter les ragots qui n'avaient pas cessé depuis qu'elle avait quitté le domicile conjugal, et qu'elle souhaitait d'abord qu'il soit sûr avant qu'elle ne revienne dans son giron. Adémar la laissait parler sans même chercher à comprendre. Il avait dit oui, oui, oui, à tout, puis : « À ce soir, minuit, à l'entrepôt Socque ». « Oh merci, merci, mon Adé ! Tu ne le regretteras pas ! »

Adémar filait vers l'usine des Charrues Socque, mais bifurqua deux kilomètres avant, s'engagea dans un petit chemin, parcourut encore un kilomètre et s'arrêta devant un vieux portail fermé d'une chaîne rouillée, sur lequel une antique pancarte « chien méchant » vermoulue menaçait de tomber. S'il avait été féroce un jour, le chien en question n'était sans doute plus de ce monde. Il laissa les phares allumés, le moteur tourner et la portière ouverte tandis qu'il détachait le cadenas.

1er septembre 1995

Adémar jura entre ses dents quand le portail lui tomba sur le pied au moment où il reposait la vieille porte de métal fatiguée. Il se remit au volant et entra sans prendre la peine de refermer derrière lui. Après s'être enfoncé sur quelques centaines de mètres dans un petit bois, ses phares éclairèrent ce qui avait dû être il y a longtemps un relais de chasse, mais qui aujourd'hui tenait à peine debout. Il laissa encore tourner le moteur, sortit son revolver et une lampe torche avant d'entrer dans le bâtiment. Il balaya la pièce humide du faisceau de sa lampe. Un corps gisait dans un coin, les poignets reliés au mur par une grosse chaîne, toute neuve, celle-là. On entendit la forme pousser un grognement. C'était un homme, sale, mal en point, pieds nus, qui leva la tête.

« Comment allez-vous, mon cher Alfred !? demanda Adémar d'un air enjoué. "Toudet izedet", comme on dit. C'est le J-Jour [*sic*], n'est-ce pas ? Allons, ne jouez pas les mauvais garçons ! Mettez-y du vôtre ! » Alfred Langevin, puisque c'était bien lui, le regardait, hébété. Dix jours qu'il croupissait dans cette pièce humide.

« Vous allez être content, mon cher disciple. Les ventes ont encore augmenté ! Et vous faites la une ! Vous voyez, tout n'est pas sombre. Allons, debout ! Nous partons. »

Au moment où Adémar s'approcha, Alfred, exténué, leva faiblement la main. Il tenait un bout de planche cloutée qu'il avait dû arracher du mur. Mais ce geste fut d'une telle lenteur qu'Adémar eut simplement à donner un léger coup de pied sur ses doigts pour que le jeune homme lâche son arme dérisoire.

« Ne faites pas l'enfant, Alfred. C'est idiot, vraiment. Ça me peine de vous voir comme ça, vous savez. Mais vous savez aussi que je n'ai pas le choix. Je vous ai rapporté votre botte, voyez comme j'ai bon cœur. Elle est dans la voiture. Vous ne voulez toujours pas me dire où vous avez jeté l'autre ? Vous ne m'avez pas facilité la tâche, vous savez, vilain garçon. Enfin, je me suis débrouillé. Les deux bottes sont identiques. Il m'a suffi de marcher d'un côté et de refaire le même chemin en chaussant à gauche. Mais je vous épargne les détails, vous n'avez pas l'air d'apprécier mes efforts. C'est bien dommage, c'est bien dommage… Je vous ai connu plus curieux, mon ami. Allons, hâtez-vous donc, vous allez m'être fort utile. »

Alfred ne voyait qu'à demi, il luttait pour garder les paupières ouvertes. Son corps était lourd, il lui semblait dormir éveillé, faire un cauchemar qui avait l'air très, très vrai. À chaque fois qu'il se réveillait depuis qu'Adémar l'avait laissé là, il lui fallait quelques minutes pour se remémorer les événements des derniers jours.

Lundi 21 août 1995

Trois semaines après l'affaire des chiens-moutons, Alfred, enthousiaste comme toujours, mais avec une légère inquiétude dans le regard, passa devant Magalie qui croulait sous les appels, il mit ses mains de chaque côté de sa tête et les ouvrit, l'air de dire : nous en sommes tous au même point, nous allons exploser. Il était exténué depuis Brignol et sa fusée, il n'arrêtait pas, et comble de chance, il était toujours sur les lieux avant le reste des journalistes pourtant nombreux maintenant à Belprat. Il était heureux, mais quelque chose l'ennuyait. Il frappa à la porte du bureau d'Adémar.

— Entrez ! dit un peu fort Adémar, qui avait reconnu la silhouette à travers le verre opaque de la porte.

— Bonjour monsieur Adé. Incroyable, en ce moment… J'ai gardé une photo de vous sur la mobylette de M. Santroi. Je vous la donnerai.

— Ce n'est pas la peine, mon jeune ami, ce n'est pas la peine. Pas d'autres événements incroyables ce matin ? Voyez avec Pan ce qu'elle a dégoté de son côté, voulez-vous ?

— Oui, mais monsieur Adé. Je voulais vous dire… Je ne comprends pas. C'est curieux quand même tous ces phénomènes, non ? Détourel m'a fait la remarque, l'autre jour, à la librairie. C'est vrai, je suis toujours là au bon moment depuis que surviennent toutes ces bizarreries. On dirait que quelqu'un me met sur la piste à chaque fois. On dirait surtout que c'est la même personne qui est à l'origine de tout.

— Comment cela, mon jeune ami ? Comment cela ? Et pour quoi faire ? Un bon journaliste n'allègue pas, il prouve, mon jeune ami.

— Je n'en sais rien, mais c'est étrange, vous ne trouvez pas ? Et regardez.

Alfred sortit de sa poche un morceau de plastique blanc empaqueté dans un mouchoir.

— Qu'est-ce donc ?

— Je suis arrivé presque en même temps que le colonel Monceau quand il a fracassé l'enceinte à ultrasons. J'ai vu des éclats voler dans tous les sens. Les gendarmes ont tout ramassé. Mais j'y suis retourné hier et j'ai vu qu'il restait ce morceau dans l'herbe, il était caché sous une branche basse. Il y a une empreinte digitale, regardez. En noir, comme de la cendre. Ça ressort bien, sur le blanc.

Je vais l'apporter à la gendarmerie, ne vous inquiétez pas, mais je voulais prendre une photo dans le labo, pour qu'on garde nous aussi une photo précise de l'empreinte. Et je voulais prendre le temps de l'analyser.

Adémar Flanne pâlit. Il savait d'où provenait cette marque. Il avait pourtant porté des gants, mais au moment où il avait posé l'enceinte dans le champ, il les avait retirés, elle avait basculé sur le côté. Dans le stress de la situation, il l'avait redressée sans prendre garde à remettre ses gants et le pouce qui lui servait à bourrer sa pipe avait laissé cette signature.

— Vous ai-je déjà parlé de l'histoire de ce cerf ? demanda Adémar en se levant pour s'assurer que la porte de son bureau était bien fermée et en montrant le tableau à Alfred. Je n'étais qu'un enfant, à l'époque, commença-t-il d'une voix posée, comme s'il s'apprêtait à raconter une longue histoire. Feu le duc du Pin nous faisait visiter, à ma mère et à moi, le grand parc du château. Oh, ce devait être la fin de l'automne. Les feuilles mortes d'un jaune poétique et d'autres chamarrées voletaient dans une brise de fin de journée. Pardonnez-moi, je me fais un peu lyrique lorsque j'évoque mon enfance. Mais ce cerf, donc !

Adémar repointa son doigt vers le cadre pour qu'Alfred y reste attentif. Discrètement, il s'empara d'un trophée sur son bureau, le « Prix du journalisme d'investigation local » remporté en 1977.

— Ce cerf..., continua-t-il. Enfin, celui-là... C'est une vision d'artiste, mais assez ressemblant. Le cerf du parc du château apparut au bout du sentier principal. Nous nous figeâmes. Et il regarda vers nous, comme il le fait sur ce tableau, voyez-vous... Et je vécus alors un instant d'une intensité peu commune...

Sur ces mots, tandis qu'Alfred hochait la tête en fixant le tableau, Adémar le frappa à l'arrière du crâne, et Alfred tomba au tapis pour le compte.

Quelqu'un d'autre frappa au même instant, mais beaucoup plus délicatement. C'était Magalie qui tapotait sur la vitre opaque. Adémar s'y précipita, ouvrit le moins possible.

— Qu'est-ce que c'est ?

— Un fax, Adé, pour vous...

— Je prends. Et ne me dérangez plus, voulez-vous, j'ai à faire.

— Très bien, Adé.

Il ferma la porte sèchement pendant que Magalie se retournait en soupirant pour rejoindre l'accueil.

4 avril 1982

Après avoir trinqué une dernière fois avec sa coupe de crémant des Mauges, le jour de son départ à la retraite, Ignace Lavalette avait regagné son bureau presque vide. En entrant, il entendit du bruit.

— Mais qu'est-ce que vous faites là, Adé ?

Adémar Flanne était en train de poser une photo de Rosaline sur le bureau et avait déjà accroché quelques tableaux au mur.

— Oh, pardonnez-moi, Ignace, je prenais mes quartiers.

— Vous auriez pu attendre que je sois parti, peut-être ?

— Certes, vraiment navré, mon cher maître, c'est que, voyez-vous, l'information n'attend pas, alors je me suis dit que ce serait un gain de temps de m'installer dès ce soir. Mais asseyez-vous à votre place, Ignace, je vous en prie…

Il se leva et présenta son fauteuil à Ignace Lavalette qui lui refusa, prit sa mallette, et sortit, en jetant un regard méfiant à son successeur.

— Vous savez, Adémar, je vous confie les rênes, mais je compte sur vous, ne faites pas l'idiot, je reste dans les parages.

— Bien sûr, cher Maître, répondit Adémar en s'inclinant à moitié. Vous êtes chez vous, de toute façon, mais reposez-vous quand même.

Lundi 21 août 1995

Adémar Flanne partit, comme tous les jours, de la rédaction avec Jean Gache, en discutant de l'actualité, des qualités et défauts de l'édition à paraître dans la nuit. Ils se serrèrent la main, comme tous les jours, Jean partit à pied en sifflotant, il n'habitait qu'à quelques dizaines de mètres.

Chez Adémar, il se servit un brandy qu'il but d'un trait. Puis un deuxième. Il grimaça à cause de la force de l'alcool, se massa les tempes, fit les cent pas. Puis cent autres. Il attendait 23 heures, qu'il fasse nuit. À l'heure dite, il remonta en voiture, regagna la rue Saint-Claude, tous phares éteints. En marche arrière, il s'engagea dans une petite ruelle aux murs aveugles qui jouxtait la rédaction. La Visa s'arrêta pile devant une porte de service. Adémar sortit, repassa par l'entrée de la rue Saint-Claude, ouvrit son bureau, puis un placard. Alfred était toujours là, réveillé, mais bâillonné et ligoté, le menton sur les genoux. Il regarda Adémar comme un sauveur, mais ses yeux s'écarquillèrent de surprise en voyant le .38 menaçant.

De sa main libre, Adémar aida Alfred à se désincarcérer du placard étroit dans lequel il était recroquevillé. Le journaliste s'aplatit au sol. « Oh écoutez, Alfred, ne vous faites pas plus maladroit que vous ne l'êtes ! », s'agaça Adémar, avant d'ouvrir à demi la porte de son bureau. Personne. Il fit signe à Alfred bâillonné, les mains toujours attachées, de le précéder, lui enfonça le revolver dans les omoplates, et ils avancèrent ensemble par le petit couloir du fond qui menait à la porte de service. Dehors, Adémar ouvrit le hayon – une grille séparait l'habitacle du coffre – et lui fit un signe de tête pour lui enjoindre de s'allonger à l'intérieur. Étonnamment, en regardant son ancien protégé se lover au fond du coffre, une drôle de pensée lui traversa l'esprit : il y avait là un sacré volume, c'était décidément une très bonne voiture et il s'en félicita.

Alfred, perdu, paniqué, regardait le paysage par une mince ouverture de la plage arrière en tentant de reconnaître les lieux grâce aux branches d'arbres et aux lampadaires qui passaient par intermittence et trop rapidement dans son champ de vision. Impossible, donc. Il sentit que la voiture accélérait, Adémar avait dû prendre la nationale. Il essayait en même temps de se libérer de la corde qui lui serrait les poignets. Il y parvint juste assez pour se servir de ses deux mains. En tâtonnant, il trouva le cric, le cala contre la serrure du coffre et fit levier. Rien. Il insista. *Crac* ! La serrure céda et le coffre s'entrouvrit. La voiture conserva son allure, signe sans doute qu'Adémar n'avait rien entendu. Par l'ouverture du coffre, Alfred regarda la route défiler à toute vitesse, trop vite pour s'y laisser tomber. Alors, il se contorsionna, saisit l'une de ses santiags, réussit non sans mal à la dégager et la jeta par-dessus bord. Au moins, pensa-t-il, si on tombait sur cette botte reconnaissable entre toutes, on saurait qu'il était passé par là. C'était bien maigre, mais c'était tout ce qu'il avait pu faire. À peine deux cents mètres plus loin, la Visa ralentit et prit un virage. Trois minutes plus tard, arrivé au relais de chasse, Adémar rouvrait le coffre en grand.

21 août 1995

— Ah ! Vous ne m'aidez pas, mon jeune ami, je crains que cela ne vous porte préjudice, savez-vous ?

Alfred hurla des borborygmes inaudibles à travers le foulard qui l'étouffait.

— Oh là là, mais vous m'avez abîmé la voiture. Et votre chaussure ? Bon… Sortez. Et n'allez pas vous blesser le pied.

Adémar conduisit Alfred, boitillant, jusque dans la petite pièce insalubre, l'attacha, posa une bouteille d'eau à portée de ses mains. Puis il lui prit la jambe et entreprit de tirer sur la botte d'Alfred, qui rua et l'envoya à l'autre bout de la pièce par un coup de pied. Adémar, sonné, se releva, sortit de nouveau son revolver et le colla sur le genou d'Alfred.

— Choisissez votre méthode, Alfred. Soit vous restez tranquille, soit je vous donne de l'arthrose avant l'heure.

Adémar prit la santiag d'un Alfred résigné, et s'assit en face de lui.

— Je ne vous laisse pas pieds nus de bonne grâce, mon jeune ami. J'ai besoin de cette chaussure. Mais je vous la rapporterai bientôt. Vous ne voulez pas me dire où vous avez perdu l'autre ? Ça m'ennuie qu'elle traîne.

Alfred fit non de la tête.

— Peu importe. Ah, ça ne me plaît pas de vous voir comme ça, Alfred. Vous, si serviable, si enthousiaste habituellement. Je comprends votre étonnement, néanmoins, et je vous dois une explication. La voici.

« Je ne suis pas un homme d'argent, vous le savez, mon cher Alfred, mais un homme de responsabilités, un meneur de troupes, qui a le sens du devoir, de la camaraderie, et qui préfère mourir sur le champ de bataille plutôt que de laisser un soldat en perdition. Un capitaine enfin qui ne quitte pas le navire avant que tout l'équipage ne soit en sécurité sur la chaloupe. »

Alfred, enchaîné, le crâne endolori, leva les yeux au ciel. Mais Adémar fixait un point au plafond, sans se préoccuper de son prisonnier.

« Voyez-vous, je vous ai préservé de toutes ces considérations, vous, vos consœurs et vos confrères, mais *Le Matin de Belprat* se transformait justement en bateau sur le point de sombrer. Il me fallait réagir. Par ailleurs, savez-vous un peu les choses du cœur, Alfred ? Ma Rosaline réclamait un train de vie plus à la hauteur de sa valeur, comprenez-vous ? Je devais trouver des financements, pour sauver le journal, d'abord, et mon couple ensuite. »

Alfred cherchait dans la pénombre le moyen de s'évader, se demandait si en tendant ses jambes il arriverait à donner à nouveau un coup à Adémar. Mais méfiant, ce dernier s'était installé à bonne distance.

« C'est le lendemain de la tentative d'exploration spatiale de Brignol que l'idée m'est venue. Elle est arrivée avec la manne des recettes que nous a rapportées le numéro sur cette affaire exceptionnelle que vous avez, je l'admets bien volontiers, mon cher disciple, que vous avez traitée avec brio. »

Cette fois, Adémar le regarda, mais Alfred détourna les yeux.

« Soudain, les annonceurs me rappelaient, nous avons doublé le tarif de la publicité, les petites annonces sont reparties, les journaux internationaux ont acheté nos photos à prix d'or. J'ai remboursé le découvert de l'un des comptes déficitaires. Mais je savais que ce n'était que temporaire. Tout cela ne durerait pas. Bien vite, la monotonie de l'actualité de notre région paisible et sereine allait reprendre son cours. Et les ventes retrouver leur niveau.

J'ai décidé alors, avec votre concours involontaire, de créer l'actualité, pour la raconter en avant-première. Oh, je ne m'attendais pas à un tel succès. Ni à ce que les confrères débarquent pour ne plus bouger. Il ne fallait pas être devancé. Voilà pourquoi j'ai appelé à la rédaction quand je savais que vous y seriez seul, pour vous prévenir de l'accident imminent de chez Praline. C'est évidemment pour ça que je vous ai envoyé en reportage sur les bords de l'Èvre au moment où je l'avais empoisonnée. C'est bien au hasard que j'avais choisi ce bidon chez les Charrues Socque, je me doutais que ce serait nocif, mais je ne voulais que les faire accuser et créer un scandale environnemental. Je n'aurais jamais imaginé un tel spectacle avec ces poissons volants ! Quel succès, non ? »

Alfred le regardait fixement en entortillant ses poignets pour tenter, en vain, de forcer la chaîne.

« Pour les feux d'artifice, je suis un peu déçu. Je pensais que l'affaire ferait plus de bruit, si j'ose dire. On ne peut pas considérer qu'il n'y ait pas eu de retentissement, mais pas assez, c'est sûr. J'ai compris une chose, ce jour-là. L'absence d'un événement attendu, aussi surprenante soit-elle, ne crée pas pour autant une actualité rentable. Faire annuler ou saboter une manifestation ne représente pas un fait notable, puisqu'il n'y a plus de fait, comprenez-vous ? Enfin, je dis cela, mais c'est que mes exigences avaient augmenté. Le numéro a quand même fait le double de l'audience habituelle. Les pages 49, j'ai improvisé un soir en passant devant la librairie, mais heureusement, j'ai pensé à arracher le même numéro de chaque livre. Sinon, nous aurions fait un flop. Ce n'aurait été que du vulgaire vandalisme. Et pour les chiens-moutons, c'était donc moi, vous avez compris. J'avais lu cela dans une revue scientifique de renom, vous connaissez ma curiosité et ma soif de savoir. J'étais moi-même étonné de la puissance du dispositif que je me suis procuré chez un spécialiste cité dans l'article de la revue, à Doutreville. Je l'ai monté et bricolé moi-même ensuite. Je pense que j'ai bénéficié de la chance du débutant en tombant sur une fréquence insoupçonnée. C'est bien une empreinte de mon pouce sur le morceau d'enceinte que vous avez imprudemment récupéré. Je ne pouvais pas vous laisser le confier aux gendarmes, vous imaginez bien.

Enfin, tout a fonctionné à merveille. Pour le journal en tout cas. Pour Rosaline, je ne pense pas. Vous allez devoir m'aider encore. Mais pas tout de suite.

J'ai beaucoup apprécié l'apprentissage théorique des techniques de conception des cercles de culture, ma fibre artistique, sans doute. La mise en pratique est pour dans quelques jours. Il me faudra me passer de vos services pour le reportage. Mais pas pour la réalisation ! »

Il brandit la santiag devant lui.

« En fait, c'est votre chaussure surtout, qui va me rendre service. Enfin, je parle, je parle, et je me mets en retard. L'info n'attend pas, pourtant, nous savons cela, n'est-ce pas ? Soyez sage. Je vous ai laissé un peu d'eau, et tenez… de quoi tenir quelques jours. En vous rationnant. »

Il posa un morceau de pain à même le sol, s'empara d'une chaîne qu'il avait pris soin de rapporter du petit garage attenant à sa maison de Belprat, où tout était rangé avec soin, outils et accessoires mécaniques divers, mais où il ne mettait jamais les pieds. Il appréciait l'idée de posséder de quoi bricoler, même s'il ne s'en servait jamais. « Vous m'avez un peu pris de court, mon cher Alfred, et je n'avais ni menottes ni fers à disposition. Je vous arrangerai ça un peu mieux quand je reviendrai vous voir, mais pour l'instant, il me faut improviser, ne m'en veuillez pas. »

Il détacha la corde qui liait les mains d'Alfred dans son dos, lui demanda de les passer devant, emberlificota la fine mais solide chaîne autour de ses poignets puis de ses chevilles, fit quelques tours bien serrés et enfin la fixa au vieux radiateur en fonte, à l'aide d'un cadenas. Il avisa une barre de fer rouillée à un mètre d'Alfred, la brandit et l'envoya de l'autre côté de la pièce, en jurant parce que, ce faisant, elle lui avait griffé la main. Mais il ne voulait pas qu'elle puisse servir de levier à son prisonnier. Sans un mot, il reprit la santiag et sortit. Alfred resta là. Seul. Il se contorsionna d'abord dans tous les sens, tira sur la chaîne comme il put, s'esquinta les chevilles, les poignets. Il essayait de donner des coups de pied dans le radiateur pour le faire céder, mais n'avait pas assez de recul.

Au bout d'une heure, il se résigna, et passa le reste de la nuit à échafauder des plans d'évasion vains, à réfléchir aux événements des derniers mois et à refaire le film en donnant un nouveau rôle à son chef. Il s'en voulait de ne pas avoir compris plus vite.

Le lendemain, en fin de matinée, Adémar revint. Il avait trouvé une chaîne de plus, un cadenas plus costaud encore. Il réassura les entraves et laissa un poulet rôti dans son papier « Rôtisserie belprataise » pour Alfred. Chaque fois qu'il voyait passer des rayons de lumière par les rainures des volets, Alfred donnait un coup de talon dans le mur décrépi derrière lui. Il y laissait ainsi une trace, un petit cratère, qui lui permettait de tenir le compte des jours. Adémar passait tous les matins, quelques minutes seulement, pour s'assurer qu'Alfred était toujours bien attaché et en vie. « Patience, patience, répétait-il. Je vous prépare une belle histoire, mon cher. J'en fignole le scénario. »

1er septembre 1995

Richard et Claire arrivèrent au journal une heure après le départ d'Adémar. Claire ouvrit la porte. Toutes les lumières étaient éteintes. Ils appelèrent. Par acquit de conscience, Richard poussa la porte du bureau d'Adémar.

— Adémar ? Vous êtes là ? Adé ?

Personne. Richard entra. Son regard fut attiré d'abord par le tableau du cerf ouvert qui découvrait un coffre-fort. Étonnant. Il s'avança et vit le manuscrit d'Adémar sur le bureau, le stylo-plume posé dessus. Il s'approcha. Et lut :

« Ainsi se termine l'extraordinaire histoire qui conduisit à la mort d'un journaliste qui refusa de n'être que le simple témoin des événements quand il découvrit qu'il pouvait en être acteur. Et même un imposteur. Avant de mettre un terme à ce récit, j'ai presque honte de moi-même, comme les parents d'un assassin se posent légitimement la question

de leur propre responsabilité, ai-je par mon enseignement, de quelque manière que ce soit, influencé négativement l'attitude de mon jeune disciple ? Je n'aurai jamais la réponse, mais je ferai en tout cas pénitence en me donnant encore corps et âme et jusqu'à la fin à ma noble profession.

L'information belpratäise n'est pas morte, l'information continuera. L'information est, et sera !

Pour vous, et à vous, Belpratäises, Belpratais (et habitants alentour). »

Richard appela Claire tout en tournant les pages pour lire les précédentes.

— Regarde, il a l'air de parler de la mort d'Alfred. Qu'est-ce que c'est que cette histoire ?

Ils prirent la première page du manuscrit : *L'Affaire Alfred Langevin*.

— Qu'est-ce que ça veut dire ?

Richard commença à lire depuis le début, tandis que Claire lisait le dernier chapitre :

« Après l'affaire des cercles de culture qui avait incriminé une fois pour toutes Alfred Langevin, à cause des traces de botte caractéristiques retrouvées sur les lieux, je continuai les investigations moi-même, en chevalier solitaire de l'information, et découvris bientôt son implication dans toutes les affaires extraordinaires survenues à Belprat. Alfred avait disparu et les courageux gendarmes de Belprat étaient à sa poursuite.

Il n'était pas bien loin, mon Dieu, comme vous le savez. Je n'ai pu que reconstituer l'histoire avec les éléments dont nous disposions et ce que j'en ai appris des gendarmes. Faute de témoins, cet ultime chapitre s'avérera bien court. Pour une raison inconnue, mais peut-être simplement pour commettre un nouveau forfait, ou pour récupérer un nouveau bidon de permanate d'adossium (à quel effet ? Nul ne le sait), Alfred s'est rendu à l'entrepôt. Il a dû être surpris par Christian Socque, présent sur place au moment des faits, avec ma Rosaline. Dans la panique (ou à dessein, qui peut savoir), Alfred tira avec le .38 Special retrouvé dans sa main, toucha Rosaline qui s'effondra (elle n'a pas souffert, Dieu merci), puis dirigea son arme (sans doute, sans doute) vers Christian Socque qui avait eu le temps de dégainer un pistolet et tira au même moment et ils s'entretuèrent. Apparemment, Alfred tenta une nouvelle fois (le lâche) de fuir ses responsabilités, si on prend en considération les gouttes de sang qui indiquent qu'il a fait quelques pas avant de s'effondrer, mort. Il allait sans chaussures, d'ailleurs, curieux (peut-être s'en était-il débarrassé quand il a compris que ses bottes l'avaient trahi), et il était arrivé à pied, pourtant – aucune voiture, à part celle de C. Socque, ne fut retrouvée sur place.

Ainsi se termine l'extraordinaire histoire qui conduisit à la mort d'un journaliste qui refusa de n'être que le simple témoin des événements quand il découvrit qu'il... »

— Richard, il raconte un meurtre. Un triple meurtre. Qui n'est même pas censé avoir eu lieu ! Ou alors, Adémar est le seul à le savoir.

Richard reposa le début du manuscrit sur le bureau, il se pencha vers Claire pour regarder sa partie, il fit un pas sur le côté et sa canne heurta quelque chose qui roula sur quelques centimètres et fut arrêté par la plinthe. Il baissa les yeux. Une balle.

— Je pense que nous devrions aller faire un tour à l'entrepôt des Charrues Socque, Claire.

1er septembre 1995

Au moment où Richard et Claire découvraient les doubles empreintes à la loupe, Alfred avait réussi, tant bien que mal, à se lever, et sous la menace du revolver d'Adémar, il avait quitté le relais de chasse, laissant dix marques sur le mur. Et se dirigeait vers la voiture. Non sans mal. Il tenait à peine debout, il n'avait pratiquement pas dormi depuis qu'Adémar l'avait laissé là.

« Savez-vous mon cher Alfred, dit Adémar en marchant derrière son prisonnier toujours en joue, que je raconte tout dans un livre-enquête que je compte publier. Enfin « tout »... Je raconte ma version, bien entendu. Et c'est vous qui êtes le personnage principal, figurez-vous. J'y explique comment c'est vous qui avez créé tous ces événements dans le seul but de les raconter et d'être reconnu comme un grand reporter. Je l'ai même titré *L'Affaire Alfred Langevin*, voyez comme je vous mets en valeur. Malheureusement, vous ne pourrez sans doute pas le lire. Jusqu'à présent, j'écrivais au fur et à mesure, en tout cas après les affaires, mais j'ai pris un peu d'avance ce soir, avant de venir, j'ai déjà écrit la fin et, je peux bien vous le dire, ça ne se termine pas très bien pour vous. Que voulez-vous ? Il me faut bien un coupable à offrir. Et puis, j'y ai mis aussi ma Rosaline et ce paltoquet, ce fat de Socque. Ils ne s'en sortent pas mieux que vous. Mais avant de le publier, il faut que je m'arrange pour que la réalité coïncide avec ce que j'ai déjà prévu dans le livre. Il restera peut-être quelques menues corrections, quelques ajustements, si tout ne se déroule pas exactement selon mon plan, mais enfin, ce sera commode pour la publication. Tout est déjà écrit. Il ne me reste qu'à contacter les éditions Dicare que je connais un peu. Et le livre sera le premier publié sur… l'affaire Alfred Langevin ! Ça permettra de profiter à plein de l'actualité que j'ai… que vous, pardon, que vous avez déclenchée.

Allons, Alfred, cessez de lambiner et de faire cette tête, réjouissez-vous plutôt, vous allez participer à la discipline reine du fait divers : un meurtre ! Un triple ! Allez, allongez-vous là, vous connaissez, n'est-ce pas ? »

Cette fois, il n'essaya ni de comprendre ce qu'Adémar venait de dire ni de se défendre, et se laissa tomber dans le coffre. Adémar ferma le hayon, s'installa au volant et démarra.

En conduisant, il se répétait la scène à venir. S'il pouvait faire correspondre les événements à ce qu'il avait déjà écrit, ce serait un gain de temps non négligeable, comme il l'avait dit à Alfred, sinon, il modifierait quelques détails, se disait-il. Il avait senti que Rosaline, sa Rosaline, lui tendait un piège et que Christian serait là. Maintenant, même, il l'espérait. Si ce n'était pas le cas et que Rosaline voulait sincèrement recoller les morceaux éparpillés, il y consentirait, se débarrasserait d'Alfred et, plus tard, de Christian. Et récrirait quelques paragraphes en conséquence. Il se félicitait de parer ainsi à toute éventualité.

Après quelques minutes, il fit crisser les graviers du parking et coupa le contact devant l'entrepôt désert. Il avait dans l'idée de s'occuper d'abord de Christian et Rosaline avant de revenir chercher Alfred dans le coffre, pour le mettre en scène (de crime).

1er septembre 1995

— On répète une dernière fois. Je me positionnerai ici au moment où il entrera, expliqua pour la septième fois Rosaline à un Christian Socque paniqué.

— À côté de la Z8000, donc ?

— Je te jure que si tu appelles encore une fois tes charrues par leur nom de code, je te quitte dès ce soir ! Tu dis « la bleue » ou « la rouge » ou « la grande ». Comment veux-tu que je reconnaisse les modèles ?

— Pardon, ma Rosalinette. Donc tu te positionnes donc à côté de la grande jaune, donc ? Celle qui a le contre-sep noir et donc l'étrave acier ?

Rosaline le tua du regard.

— Pardon, ma douceur, donc la grande jaune où y a marqué 28 ?

— Voilà. Bon. Donc, je me mets là. Il entre. Tu es où, toi, à ce moment-là ?

— Euh, sur la rampe de la coursive qui passe donc juste au-dessus de la porte ? essaya-t-il.

— Oui. Et tu ne fais pas de bruit. Moi, je lui parle, je lui dis que je veux tout reprendre avec lui. Mais qu'en gage de bonne foi, je veux la combinaison de son coffre au journal. Je vais sans doute devoir l'embrasser. Tu ne réagis pas. D'accord ?

— D'accord, ma douceur. Ensuite ? Tu lui dis donc d'attendre là, juste sous la coursive donc que tu ailles chercher ton sac et je laisse tomber donc dessus ce sac de sable. Après ça, on le ligote donc et on le coule dans les fondations béton du nouvel atelier, donc… Ça, c'est bon, la bétonneuse est prête.

— C'est bien. Chut ! Écoute ! J'entends une voiture.

1er septembre 1995

Rosaline vit la porte de service vibrer, résister un peu puis céder. Adémar apparut dans l'encadrement. Elle essaya d'afficher un air détaché mais elle rosissait de tout son visage, cherchait quoi faire de ses mains et se balançait d'un pied sur l'autre.

— Ma Rosaline, lâcha Adémar, qui en oublia presque ses projets meurtriers et fondit instantanément devant elle.

— Oui, mon tout beau – c'était son surnom d'autrefois (de jadis, même, elle ne l'avait appelé comme ça que les six premiers mois de leur relation) –, reprenons là où nous nous sommes arrêtés.

— Mais comment peut-…

Le sac de sable lui coupa la parole en s'aplatissant sur le haut de son crâne. Adémar s'effondra. Rosaline regarda Christian qui regardait la scène depuis son poste, les mains sur la bouche, les yeux catastrophés.

— Imbécile ! La combinaison !?

— Pardon, ma douceur, donc, le sac m'a échappé, donc, ma douceur, donc, pardon.

Le stress augmentait la fréquence de son tic de langage à un point difficilement supportable. Il rejoignit Rosaline.

— Il est mort, donc, ma douceur, donc ?

— Pfff... Je sais pas, idiot. Fouille-le.

Christian s'exécuta. Dans la poche intérieure de sa veste, il trouva une feuille pliée en quatre. Rosaline, agacée, lui arracha des mains. Elle ouvrit. On y voyait des formes étranges, des cercles dessinés au Bic. Les schémas des *crop circles*. Rosaline la déchira et la laissa tomber sur Adémar inconscient. Christian continuait de fouiller. Il se figea en palpant le revolver sur le flanc d'Adémar. Il le sortit pour le montrer à Rosaline.

— Regarde donc, ma douceur...

Rosaline vit l'arme mais surtout la main d'Adémar se lever et saisir le poignet de Christian, qui hurla de surprise et tira involontairement. Pan !

Adémar s'était redressé et, assis, il tenait les deux bras de Christian, malade de rage. Ils roulèrent et dans la cascade, Adémar – qui redécouvrait la souplesse de ses jeunes années de reporter tout terrain – réussit à prendre l'autre pistolet qu'il avait apporté, celui qu'il comptait mettre dans la main d'Alfred. Les deux hommes, toujours au sol, étaient maintenant armés et se braquaient l'un, l'autre, maladroitement, en tournant comme deux gamins qui se chamaillent – en plus dangereux. Pan !

Un deuxième coup partit. Et la bataille cessa. Adémar avait tiré. Christian ne bougeait plus. Rosaline hurla. Adémar, tout en se levant, la maintenait en joue. Il tendit son bras, ajusta, visa, crispa la crosse, son doigt se posa et commença à presser la queue de détente quand on entendit un léger sifflement dans l'air.

Rosaline vit les yeux d'Adémar s'écarquiller de surprise et une grande lame sortir de son épaule droite. Il s'effondra à nouveau – décidément.

Rosaline tourna le regard vers la porte. Claire Pan courait vers elle et Richard Détourel la suivait en claudiquant, avec le fourreau de sa canne épée dans la main. Le pommeau dépassait du dos d'Adémar. Richard tira d'un coup sec, prit un chiffon qui traînait sur l'une des charrues, y passa sa lame, puis reconstitua la canne, qu'il posa à terre, à côté d'Adémar, et pressa la blessure.

Claire confisquait pendant ce temps les armes, devant une Rosaline pétrifiée. On entendit des cris étouffés et des coups venus de l'extérieur. Claire Pan fit signe qu'elle allait voir de quoi il retournait. Richard, lui, toujours au chevet de sa victime, s'adressa à Rosaline : « Madame Flanne, auriez-vous la gentillesse d'appeler les secours ? »

Rosaline sortit de sa torpeur et sans un mot se dirigea vers le téléphone de service. Appela la gendarmerie de Belprat. Raccrocha. S'assit à côté de Christian, appuya sur sa blessure, et dit à Richard : « Ça va encore faire causer, tout ça. » Il se contenta de hocher la tête avec un rictus amusé.

Bien entendu, c'est Alfred qui, coincé dans le coffre de la Visa d'Adémar, tapait sur le hayon et criait au secours. Claire le libéra au moment où le colonel Monceau et ses hommes arrivaient.

9 septembre 1995

Gautier Biron arriva à 5 heures, ce matin-là. Il donna une tape amicale, quoique non dénuée d'un léger reproche, à Nazaire Rialteau, le gardien de la porte principale, qui s'était assoupi.

« Alors, mon ami, bien dormi ? »

Le vigile se réveilla d'un seul coup et bredouilla quelques explications. Gautier Biron lui fit un geste l'air de dire *je plaisante, ne vous en faites pas*, et commença à arpenter l'hippodrome encore vide de chevaux et de parieurs, puis traversa la fête foraine avant de se diriger autour de 7 heures vers la foire agricole. C'étaient les trois grandes attractions de la Belprataise.

Les courses et la fête foraine attiraient aussi beaucoup de monde, si bien que la Belprataise était devenue incontournable et nécessitait la mise en place par les services de la ville d'un dispositif de sécurité inédit à cause des derniers événements survenus à Belprat. Voilà pourquoi Gautier Biron n'avait pas houspillé plus durement Nazaire et arborait un sourire satisfait en flânant le nez en l'air, en serrant la main des forains et des lève-tôt venus installer leur matériel. Le maire respirait enfin, il était soulagé que le coupable de ces exactions extraordinaires ait été arrêté la semaine passée. Il était par ailleurs heureux que ce ne soit pas ce jeune Alfred, comme on l'imaginait, mais le directeur de la rédaction du *Matin de Belprat*, Adémar Flanne. Restaient encore certains points à éclaircir, mais pour l'instant, Gautier Biron était rassuré de savoir qu'aucun poisson-ballon ou autre catastrophe ne viendrait perturber sa foire annuelle.

Sur la terrasse ensoleillée du Cheval blanc, quelques heures plus tard, Claire, Alfred et Richard se remettaient de leurs aventures et refaisaient l'histoire des derniers mois à la lumière de ce qu'ils avaient appris depuis. Adémar était pour quelques jours encore à la clinique de Cheûtol, sous bonne garde, et Christian avait été envoyé à l'hôpital de Doutreville. Rosaline, elle, était sous surveillance aussi.

— Reste cette histoire de squelette, dit Alfred. Qui est-ce ? Adémar n'a rien dit ?

— Il jure qu'il ne sait rien, rapporta Richard.

— Heureusement qu'il nous reste cette énigme, plaisanta Claire, parce qu'on risquait de bien s'ennuyer ces prochaines semaines, on a perdu l'habitude.

Une ombre assombrit la table, un homme de grande taille s'était levé derrière eux.

— Moi, je sais, déclara-t-il.

9 septembre 1995

Le fondateur du *Matin de Belprat*, Ignace Lavalette, n'exerçait plus depuis longtemps et ne se préoccupait plus de l'actualité, mais les faits divers de ces derniers temps l'avaient sorti de sa retraite. Il avait essayé à plusieurs reprises de joindre Adémar Flanne pour obtenir quelques informations supplémentaires, mais chaque fois, il tombait sur Magalie Breteau, qui, navrée, lui annonçait qu'Adémar n'était « malheureusement pas disponible actuellement. » Ignace Lavalette savait pourtant que c'était plutôt Adémar, cet ingrat à qui il avait tout appris, qui ne supportait pas de le voir réapparaître dans son propre journal.

Les nouveaux soubresauts de l'actualité belprataise l'avaient tiré de sa torpeur, et plus encore quand il apprit l'existence du squelette retrouvé dans le jardin de Mme Boussac. Sa curiosité l'avait ainsi poussé à mener l'enquête comme autrefois.

Et il ne lui avait pas fallu longtemps pour résoudre l'affaire.

Richard se leva, lui présenta une chaise et le pria, lui et sa résolution, de prendre place parmi eux. Ils avaient tous reconnu cette figure locale. Ignace Lavalette portait une belle moustache blanche posée sur un sourire franc, deux yeux intelligents et un charisme indéniable. Il était vêtu de son vieux costume gris dont il tira légèrement sur le pantalon avant de s'asseoir dans un soupir.

— Avec joie, accepta-t-il, le coupable a déjà avoué, de toute façon, on est tranquilles. Je vous laisse écrire l'article, Alfred et Claire. Je dois bien avouer que je n'ai pas le courage de ressortir ma vieille Remington. Alors, prenez des notes, mes enfants. Ce ne sera pas long.

Il but une gorgée du grand crème que JD venait de poser devant lui, avec un exemplaire du *Matin de Belprat.*

— Alors, voilà. Quand j'ai appris pour le squelette, je me suis rendu chez Geneviève Boussac, j'ai farfouillé ici et là, comme à l'époque, et j'ai appelé Monceau que je connais bien. Je l'ai prié de me dire s'il avait observé quelque élément singulier, s'il avait des pistes en somme. Il m'a répondu qu'il n'avait pas d'idée pour l'instant, mais que le squelette avait été enterré récemment, puisque tout le jardin avait été retourné peu de temps avant, et surtout il m'apprit que les os avaient ceci d'étrange que la plupart étaient perforés. Un petit trou à chaque extrémité. Je ne lui ai pas dit immédiatement, mais en raccrochant, j'avais compris.

Ignace sonda l'effet de ses paroles sur son auditoire et ne fut pas déçu. Tous le regardaient figés, à l'affût de chacun de ses mots.

— Je peux vous révéler le nom de l'homme que l'on a retrouvé ainsi disloqué dans le jardin de Mme Boussac. Son nom était Placide Grojeau. Orphelin, abandonné sur les marches du collège Gautier-Biron, il a été élevé par le surveillant principal, Jean Grojeau, un homme bon, qui le recueillit, lui donna son nom, l'instruisit, et lui enseigna le sens du devoir, le civisme et toutes sortes de qualités indispensables. Le jeune Placide fit de beaux efforts, et brilla dans ses études dans l'unique but de rendre fier son tuteur et mentor. Il décida, lui aussi, de consacrer son talent à la surveillance des élèves. Il prit le poste, le bureau et le trousseau de clés de Jean Grojeau quand celui-ci mit fin à son sacerdoce dans l'éducation, et Placide y resta toute sa vie.

— Jamais entendu parler de lui, coupa Claire, qui avait suivi ses études à Gautier-Biron.

— Oui, c'est naturel, ma chère Claire, vous n'êtes pas de la même génération. Moi non plus, du reste. Ce bon Placide officiait à la fin du XIXe siècle. Je me suis renseigné, il est mort en

1892 et donna son corps à la science et à l'institution belprataise.

— C'est-à-dire ? demanda Alfred, cette fois.

— C'est-à-dire que son squelette a permis à des milliers d'étudiants de faire la différence entre un radius et un cubitus, un tibia et un péroné. Placide était le squelette du laboratoire de biologie du collège. Je l'ai connu, moi, ce squelette. Vous, non. Il a été remisé au placard, littéralement. Recroquevillé au fond d'un meuble, pauvre Placide, à prendre la poussière.

— Et c'est pour ça qu'on a retrouvé des petits trous, c'était pour lier les os ensemble. D'accord. Mais comment s'est-il retrouvé dans le jardin de Geneviève Boussac ? interrogea Richard Détourel.

— Ah ! Bonne question, mon cher Richard. On n'utilise plus, depuis longtemps, de vrais squelettes pour les cours d'anatomie ; ils ont été remplacés par des reproductions en plastique. Or, il y a quelques mois, s'apercevant que de nombreux squelettes, des vrais, étaient entreposés n'importe où, le ministère a lancé une grande campagne pour rendre leur dignité à ces héros de l'éducation. Mais la procédure est longue et coûteuse. Alors, le directeur du collège, Dominique Démeau, une nuit, s'est débarrassé de celui de Placide Grojeau dans le jardin de Geneviève Boussac qui venait de retourner son terrain. Il s'explique en ce moment même chez Monceau après que je lui ai rendu une petite visite hier soir. Et voilà. Je vous suggère un titre, mes amis : *Un squelette dans le placard*. Mais je vous laisse faire.

15 septembre 1995

Au milieu de la rédaction, levant son verre de crémant des Mauges, Ignace Lavalette s'éclaircit la voix et réclama l'attention. Il avait repris le poste de directeur de la rédaction, quelques jours seulement, pour remplacer Adémar. Les plus anciens se lancèrent des regards inquiets ; ses discours pouvaient dépasser l'heure et demie quand il était en forme. Et il l'était.

« Savez-vous ce que dit un jour l'écrivain Gilbert Cesbron ? » Ses yeux riaient de la formule avant même de l'avoir prononcée. « L'ennui porte conseil ! » Il avait appuyé sur « ennui ». On entendit des « ooooh », parce qu'on avait aimé le bon mot mais surtout parce qu'on voulait faire plaisir au vieil Ignace, sans doute aurait-il été déçu de n'obtenir aucun effet.

« Il ne faut pas s'en tenir aux maximes, continua-t-il, mais quand même, gardons celle-là. Adémar, lui, a écouté de bien mauvais conseillers : la cupidité, le sensationnel, le succès facile. Il avait l'ennui pour ennemi alors qu'il était son seul allié véritable. L'ennui est l'ami du journaliste, il l'oblige à fouiller, à regarder de plus près, le spectaculaire se dévoile tout seul, c'est sa raison d'être, c'est à ça qu'on le reconnaît : il est bruyant, sans gêne, omniprésent. On devrait intimer au spectacle l'ordre de se taire pour nous laisser réfléchir. Nous faisons l'inverse. Plutôt que de donner de l'importance au sale gosse qui fait son intéressant, regardez plutôt celui-ci qui, sans bruit, a été un bon garçon. Il n'a pas de publicité, lui. Et pourquoi ? La naissance d'une fourmi a-t-elle moins d'importance que le résultat du match FCB contre La Pitinière ? Qui le dit ? Mais le résultat du match a-t-il moins de sens que le big bang, après tout ?

Adémar a créé l'événement. Cette vieille expression, cette vanité. Il a fabriqué des faits dans le seul but de les raconter, et je crois qu'il est bien plus pertinent de s'intéresser à cette imposture plutôt qu'à ces pseudo-événements en eux-mêmes. Vous dites quand je ne suis pas clair, n'est-ce pas ? »

Ignace lissa ses moustaches, fit une pause.

« Si on l'ignore, un fait qui n'a pas d'autre réalité que son propre spectacle, alors il n'existe plus, le piège est déjoué. C'est l'évoquer qui lui donne sa consistance. Votre responsabilité, c'est de savoir ce qui mérite ou non d'être raconté. Réjouissez-vous de votre ennui, mes amis. Je ne vous dis pas de ne pas vous préoccuper des faits, je vous demande de les traiter à leur juste valeur. Imaginez un monde où la moindre bêtise un peu étonnante serait montée en épingle et relayée à l'infini ? Que la providence nous en préserve !

Belprat et ses environs regorgent de micro-événements fascinants et qui, chaque jour, remplissent à l'aise les pages du *Matin*. Inutile d'aller chercher du spectacle ! Vous n'êtes pas des metteurs en scène, mais de modestes messagers. C'est ainsi, c'est votre gloire ! »

Il marqua un nouveau silence.

« Santé ! »

21 septembre 1995

Tchac ! La pauvre feuille morte ne pourrait plus s'envoler. Richard ne lui avait laissé aucune chance en la perforant d'un coup de son épée lancée à une bonne dizaine de mètres. Et peu importe qu'il ait visé celle d'à-côté. Il regarda autour de lui, s'avança en boitant, saisit le pommeau, retira la feuille, remit la lame dans sa canne et reprit sa tournée en souriant, comme un enfant qui vient de faire une bêtise sans avoir été pris sur le fait. Il s'arrêta à la Roche-accrochée, s'assit les jambes dans le vide, s'abrita du vent pour s'allumer une fausse cigarette, aspira longuement et recracha un long panache de fumée imaginaire. Aucun appel, pas le moindre soubresaut dans l'existence de Belprat en cette belle journée de début d'automne. Au loin, il devina tout de même une forme qui voletait à la cime d'un arbre. C'était un poisson-ballon, mais ils se faisaient de plus en plus rares. Richard savourait cette paisibilité retrouvée. Rien n'avait gêné le bon déroulement de La Belpratase, deux semaines plus tôt, aucun incident à signaler. Il y avait bien eu cette petite frayeur quand le *Crazy Dance*, l'attraction phare, s'était inexplicablement figée au milieu d'un tour pendant quelques minutes. Mais tout était rentré dans l'ordre. Il avait bien fallu aussi demander un peu fermement à quelques Belpratais de bien vouloir quitter le stand de Chez René au bar duquel ils s'agrippaient malgré l'heure avancée de la nuit, mais rien de grave.

L'armée de journalistes avait levé le camp, mais deux d'entre eux étaient restés. La Britannique, Winifred Banks, parce qu'elle avait décidé de s'installer là, et Michele Baragatti, un journaliste radio italien, qui avait rencontré une Belpratase, Joséphine Certaldeau, et prolongeait donc son séjour. Les deux envisageaient maintenant une nouvelle carrière.

Il y aurait encore de quoi fournir quelques rebondissements, les procès d'Adémar, Rosaline et Christian auraient lieu à Doutreville dans quelques mois.

Au *Matin de Belprat*, Claire Pan et Alfred Langevin élaboraient tranquillement l'édition du lendemain, rue Saint-Claude. Ignace Lavalette, retourné à ses affaires, leur avait laissé la direction du journal. On décorerait demain le jardin le plus fleuri, et il fallait recueillir le témoignage de la gagnante, Suzanne Reille, ainsi que celui de

Geneviève Boussac, finaliste déçue, qui n'avait pas eu le temps de tout replanter après le saccage de son jardin – c'était impossible. Conscient de cette injustice, le jury avait décidé de lui décerner un prix spécial en compensation.

Soudain, la quiétude de la rédaction fut brisée par des éclats de voix provenant de l'accueil de Magalie Breteau. Alfred ouvrit la porte du bureau.

— Ah ! vous voilà, monsieur Alfred. Vous voyez qu'il est là !

C'était Lucie Brignol, catastrophée.

— Je ne vous ai pas dit qu'il n'était pas là, je vous ai demandé de me laisser un message pour que je lui transmette moi-même, répondit Magalie, agacée.

— Que se passe-t-il ? Entrez, entrez…

Claire et Alfred proposèrent un fauteuil et un thé à Lucie Brignol.

— Expliquez-nous, je vous en prie, dit Claire.

Entre deux sanglots, Lucie expliqua que son Lucien, juste après la Belprataise, avait un soir élaboré une nouvelle théorie. Il avait fini par admettre que la Terre était bel et bien sphérique et avait invoqué « une faute de calcul qui l'avait induit en erreur ». Mais un soir, donc, en rentrant de Chez René, il avait tapé du pied dans la cour, juste avant d'entrer dans la maison pour appeler son chien, et avait cru entendre un écho. Il avait recommencé. Même chose. Il était entré dans la grange, en était ressorti une masse sur l'épaule et l'avait abattue sur le sol. D'un doigt en travers de ses lèvres, il avait intimé le silence à Lucie qui venait de sortir sur le seuil de la porte. « Écoute », lui dit-il. Et il redonna un coup. « Tu entends ? » « J'entends quoi ? » « L'écho ». Il tapa encore une partie de la nuit avec divers objets. Et le lendemain, il avait repris son tableau noir et ses calculs. Le soir, il annonça à Lucie que la Terre était sphérique, certes, mais creuse. Et qu'il s'en allait le prouver. Par lui-même.

Le jour était venu. C'était pour cet après-midi. Lucie avait été chargée de prévenir la presse. Lucien avait monté des hélices sur le nez d'une machine fuselée posée sur des chenilles. Il avait creusé, déjà, une rampe qui s'enfonçait dans le sol sur dix mètres de profondeur, et s'apprêtait à continuer en forant tout droit jusqu'au centre de la Terre.

Claire Pan et Alfred Langevin se regardèrent, se levèrent, saluèrent Lucie Brignol et la raccompagnèrent vers la sortie. Elle seule apprendrait deux heures plus tard la suite des événements. L'hélice cassa après le premier mètre de fouille. Et Lucien laissa tomber son expérience, mais pas son idée, dont il ne démordrait plus.

Aucune ligne ne serait consacrée à cette affaire. Claire Pan et Alfred Langevin avaient décidé de l'ignorer.

REMERCIEMENTS

Merci à la magnifique équipe de JC Lattès : Véronique Cardi, Marie Grée, Lucie Caubet et Vincent Eudeline.

Cet ouvrage a été composé par PCA
pour le compte des Éditions J.-C. LATTÈS
17, rue Jacob – 75006 Paris
contact-lattes@jclattes.fr

Imprimé en France par
CPI BRODARD & TAUPIN (72200 La Flèche)
en février 2025

PAPIER À BASE DE FIBRES CERTIFIÉES

JC Lattès s'engage pour l'environnement en réduisant l'empreinte carbone de ses livres. Celle de cet exemplaire est de :
450 g éq. CO_2
Rendez-vous sur www.jclattes-durable.fr

N° d'édition : 01 – N° d'impression : 3060561
Dépôt légal : mars 2025
Imprimé en France